為孩子解讀《紅樓夢》

李天飛 著

中華教育

目錄

為甚麼説《紅樓夢》是一部讓人又愛又怕的書？

我們通常說的「四大名著」，是《西遊記》《三國演義》《水滸傳》和《紅樓夢》。相信你一般是這樣看的：你很小的時候，就聽說過孫悟空打妖怪的故事，看《西遊記》改編的動漫；再大一點，會知道三國英雄和水滸英雄；而對《紅樓夢》發生興趣，總也得等到上了中學之後。而且也不是所有的孩子都喜歡《紅樓夢》，有些孩子（主要是男孩），可能都上大學了，翻開一看，還是覺得沒甚麼意思，不如武俠、玄幻、修仙熱鬧好看。

但是，你也肯定聽說過《紅樓夢》的鼎鼎大名，無數的人說它這麼好那麼好。甚至光研究《紅樓夢》都可以成為一門學問，叫「紅學」。你肯定多少有過疑惑：都說《紅樓夢》多好多好，我怎麼看不出來好呢？

其實，不只你可能不喜歡，著名學者啟功先生也是這樣。他說他小時候第一次打開《紅樓夢》，翻一頁，吃飯、喝酒、看戲，再翻一頁，還是吃飯、喝酒、看戲，這有甚麼意思呢？乾脆把書扔到一邊不看了。

事實上，這並不是你欣賞水平差，而是因為這部書的宏偉和複雜，遠遠超過了四大名著的其他三部，以至於隨便翻翻並不容易領略其中的精彩。《紅樓夢》是一部極其偉大的書，偉大到每個人可以用一生的時間來讀它，並且一直能讀出新意。所以，這本小書就算是一份專為你寫的「新手教程」吧。

幾百年來，《紅樓夢》榮獲了無數桂冠，有人說它是「古代社會的百科全書」，有人說它是「中國古典小說巔峰之作」。但你大可不必被這些名頭嚇倒，事實上，它故事裏的主人公，完完全全是一些跟你年齡差不多的青少年。

《紅樓夢》中賈寶玉第一次出場，約有六、七歲，在最後一回結束時，是十九歲。薛寶釵比他大一歲，林黛玉比他小一歲，探春、湘雲還要小一些，惜春最小。而最精彩的故事，集中在賈寶玉十二、三歲到十五、六歲之間，所以，這部書的主角是一群少年，相當於小學六年級到初中畢業的階段，你可能正好處在這個年紀，或者相差不多。

但是，既然這本書寫的是少年故事，你應該很容易喜歡啊，為甚麼你讀起來會覺得吃力呢？

　　因為《紅樓夢》雖然是寫的一群少年，但它畢竟是三百年前的著作。由於歷史的、文化的等各種原因，你和它之間有很多隔膜，就讓你覺得它高不可攀了。

　　首先，你腦子裏的《紅樓夢》人物形象，多是電視劇《紅樓夢》給你的。電視劇裏的人物，尤其是 1987 年拍攝的央視版，大多數演員都在十八歲以上。因為拍戲是需要演技的，十二、三歲的小演員，即便心理上和原著人物接近，但實際上沒有演戲經驗，很難把握人物特質，所以就會找一些青年人去演少年。另外，市面上的各種繪畫、雕塑等紅樓藝術造型，也都是按青年人的外形來塑造的。所以你看得多了，就會覺得《紅樓夢》是一部寫「大人」的書。

　　其實《紅樓夢》裏的男孩女孩，雖然一個個錦心繡口，但確實都是十幾歲的孩子，孩子就會有孩子的樣子。比如賈寶玉和母親王夫人日常相處這段：

　　　　寶玉也來了，進門見了王夫人，不過規規矩矩說了幾句，便命人除去抹額，脫了袍服，拉了靴子，便一頭滾在

王夫人懷裏。王夫人便用手滿身滿臉摩挲撫弄他，寶玉也搬着王夫人的脖子說長道短的。（第二十五回）

如果寶玉是個二十來歲的大小伙子，怎麼會做出這種滾在媽媽懷裏撒嬌的舉動呢？寶玉剛在外面還像個小大人似的，見了媽媽就完全露了原形。我想，滾在媽媽懷裏撒嬌，也應該是你的日常吧？

還有一次，賈府過年放煙花爆竹，熱鬧非凡。長輩們就把怕響聲的孩子摟在懷裏：

林黛玉稟氣柔弱，不禁畢駁之聲，賈母便摟他在懷中。薛姨媽摟着湘雲。湘雲笑道：「我不怕。」寶釵等笑道：「他專愛自己放大炮仗，還怕這個呢。」（第五十四回）

賈母摟着黛玉，完全是外婆對小外孫女的疼愛。而史湘雲說不怕，還喜歡自己放大炮仗，像男孩子一樣調皮。

第二，就是生活習慣。《紅樓夢》裏的孩子，有些生活習慣在現在是成人化的。比如今天的孩子不許喝酒，但是古代是不太在乎這個的。古代的酒度數很低，寶玉和人聚會，常常喝

得醉醺醺的，黛玉也會拿一個酒壺自斟自飲，讓你誤以為他們是大人。而且古代結婚都早，孩子到了十五六歲，就可以商量婚事了。而現在這個年紀的孩子，還要考高中，唸高中，考大學，等到結婚生子差不多要到十年後。古代孩子較早介入成人社會，也是你覺得他們和你有距離的原因。

第三，《紅樓夢》中的「四大家族」都是大戶人家，公侯門第，人口多，關係複雜，裏面有許多規矩，是孩子從小就要學起來的。比如賈寶玉見了父親，哪怕日常閒聊，也要站起來講話。寶玉早上起來，要去賈母、王夫人等處問安。如果加上正出和庶出，大房和二房等關係，就更加複雜。所以禮數規矩，是古代貴族孩子的第一課。這些規矩是你在現代的人口較少的家裏很少經歷的，也讓你和他們產生了距離感。

書中林黛玉進賈府時，年紀尚幼，她想到的竟是「步步留心，時時在意，不肯輕易多說一句話，多行一步路，惟恐被人恥笑了他去」。你可能覺得這不是一個小孩子的心理，會以為林黛玉是個成熟的「大人」，去親外婆家難道還要這樣緊張？

其實你想想，你的人際關係同樣沒那麼簡單，只不過這種複雜性已經有一部分從家庭中轉移到學校去了。假如你是一個小學生，剛從一個學校轉學到另一個學校，或者要在新同學面

前表演一個節目，你是不是也會注意自己的言行，注意別人對自己的看法，「惟恐被人恥笑了他去」？你再想想你在學校有沒有自己的死黨和討厭的同學？古代是大家庭，小學校；現在是小家庭，大學校。你的人際關係和古代孩子比有了轉移，總量卻是不變的。

第四，就是文化背景。要知道，賈府是貴族，貴族的孩子，無論男女，從小都要接受良好的教育，學寫詩文。「四大家族」的男孩女孩都能出口成章（包括最不受待見的賈環也能寫詩），還經常組織詩社。因為你肯定不擅長寫詩，所以覺得寫詩的一定是大人。但這在過去十幾歲的貴族孩子那裏，是非常順理成章的事情。

剛才說的這四點，都造成了你和《紅樓夢》之間的隔閡。但是，這些都是表面上的，稍微花點時間就可以越過。所以，我們這本小書採取了這樣的解讀方法：

一是暫時略掉這些，直接講《紅樓夢》裏最深刻、最貼近人性的部分。你就會覺得《紅樓夢》裏的少年，和今天的你是相同的。

二是把以上這些當作百科知識，選重要內容做系統的講解。這樣能夠擴展你的知識面，從而能更加理解《紅樓夢》裏

人物的言行。

那麼，你第一次看《紅樓夢》，應該注意它的哪些特點呢？

首先，曹雪芹在全書一開頭就說本書「大旨談情」。「情」可並不僅僅是愛情，只要是人與人之間，就有豐富的情感：父母孩子、祖輩孫輩、親戚朋友，甚至主僕之間，都有情感在裏面。所以「情」是對各種各樣人的欣賞、愛護和珍惜。

寶玉和黛玉是從小一起長大的，他們一起吃飯，一起睡覺，一起玩耍，感情是最真摯的。有一天，黛玉的丫鬟紫鵑和寶玉半開玩笑半認真地說：你林妹妹要回老家去了，再也不回來了。這可把寶玉嚇傻了，「頭頂上響了一個焦雷一般」，眼也直了，魂也飛了，先是哭鬧，然後不吃不喝，發起呆來。賈府上下都慌了，急忙找醫生看病。

這時候，發生了一件有意思的事，原來是林之孝的妻子和單大良的妻子來看望寶玉了：

> 正說着，人回林之孝家的單大良家的都來瞧哥兒來了。賈母道：「難為他們想着，叫他們來瞧瞧。」寶玉聽了一個「林」字，便滿牀鬧起來說：「了不得了，林家的人接他們來了，快打出去罷！」賈母聽了，也忙說：「打出

去罷。」又忙安慰說：「那不是林家的人。林家的人都死絕了，沒人來接他的，你只放心罷。」寶玉哭道：「憑他是誰，除了林妹妹，都不許姓林的！」賈母道：「沒姓林的來，凡姓林的我都打走了。」一面吩咐眾人：「以後別叫林之孝家的進園來，你們也別說『林』字。好孩子們，你們聽我這句話罷！」眾人忙答應，又不敢笑。

一時寶玉又一眼看見了十錦格子上陳設的一隻金西洋自行船，便指着亂叫說：「那不是接他們來的船來了，灣在那裏呢。」賈母忙命拿下來。襲人忙拿下來，寶玉伸手要，襲人遞過，寶玉便掖在被中，笑道：「可去不成了！」一面說，一面死拉着紫鵑不放。（第五十七回）

這個林之孝家的也是倒霉鬼，只因為丈夫姓了個「林」，沒來由地挨了一頓打罵（當然不是真的打罵，是賈母編出來哄寶玉的）。金西洋自行船，應該就是當時從歐洲傳進來的仿真船模，上了發條，可以自己在水裏跑。這在當時的有錢人家是一種擺設。寶玉以為那是來接林妹妹的，抱在被窩裏，以為這樣林妹妹就不會走了。

這和我小時候遇到的事情一模一樣。鄰居一個玩得很好的

小伙伴，有一天突然搬家走了，我真的傷心得要死，在家裏哭鬧了好幾天。這種事可能長大之後不覺得有甚麼，但在一個重感情的孩子看來，就是天塌下來的大事。

　　賈寶玉不光對林妹妹這樣，對僕人也是充滿真情的。賈寶玉的母親是王夫人，王夫人有個丫鬟叫金釧兒。金釧兒因為和賈寶玉開玩笑，被王夫人打罵一頓，跳井死了。後來有一天王熙鳳過生日，這天也恰恰是金釧兒的生日，賈府大擺宴席慶祝，寶玉卻一身白衣，悄悄地溜了出來，來到一座尼庵，向管事的尼姑借了香爐，擺在井台上，默默祭拜金釧兒。

　　人死如燈滅，但寶玉並沒有忘記。一個卑微的丫頭的生日，怕是無人記得的，但寶玉偏記住了。他在賈府鑼鼓喧天的日子，單獨出來祭拜金釧兒，表示他的懷念、惋惜，當然還有歉疚。這情分是真摯的。

　　《紅樓夢》第二個值得你注意的特點，就是它是現實的。它雖然寫了無數真情，但這些真情大都以悲劇結尾。

　　我想你可能還沒有讀過悲劇。你看過的大多數故事，結局一定是圓滿的：王子永遠能夠和公主在一起，勇士永遠能打敗妖怪。但是，《紅樓夢》不是童話，它雖然寫了一群可愛的少年，但少年們面對的不是童話中的王國，而是現實：殘酷和温

情、利益和理想交織的現實。

　　整個《紅樓夢》故事，建立在極其現實的背景上。故事裏的少男少女生活在美麗、單純的大觀園裏，賈府的成年人也享受着無與倫比的富貴榮華。然而，這個家族的子孫卻一代不如一代，迷信煉丹的，淫穢享樂的，貪污舞弊的，沒有一個能撐得起整個家族的未來。一開始賈府還「烈火烹油，鮮花着錦」，到後來就像一座倒塌的高樓大廈，完全無法挽救。深情的少女夭折了，富貴的生活散去了，文采風流、福壽康寧，都沒有了，落了個白茫茫大地真乾淨。

　　看慣了圓滿故事的你，一開始可能很難接受悲劇，因為看悲劇確實讓人很不開心。老實說，小時候知道《紅樓夢》是一場悲劇的時候，我是很怕打開這本書的——看看搞笑卡通片多好！

　　其實你想，我們每個人都生活在現實的社會中，是不可能只發生開心的事的，每個人的人生，不可能都圓滿。只要讀一讀《紅樓夢》就知道，大觀園的花紅柳綠只是表面現象，大觀園外部的、底部的明濤暗流，在時時刻刻侵蝕着這座世外桃源。「四大家族」甚至當時社會的興衰，也深刻地影響了這些少年的命運。《紅樓夢》的偉大，就在於它是現實的。懂得現實是

甚麼，也是你成長中重要的一環。

最後一點，《紅樓夢》用了大量的篇幅寫了一個話題，那就是甚麼是「美」，這在一般古典小說裏也是少見的。能把生活中的美寫得無處不在，也是《紅樓夢》一個巨大的魅力。

我想你應該知道甚麼是美。你會在意穿的衣服是粉紅色的還是白色的，你會在意文具盒上的貼紙是不是可愛，這就是人人從小就會有的審美能力。

大觀園裏的少男少女，自然都是美的。他們的容貌、談吐、衣着，處處美麗，處處優雅，個個都會詩詞歌賦、琴棋書畫。就連賈母那麼大年紀的老人，對音樂、戲曲的感覺也是十分敏銳的，欣賞品位十分高超。關於這一點，我們下面還會專門用一章來講。

你可能聽說過一句話：生活中並不缺少美，只是缺少善於發現美的眼睛。善於發現美的眼睛，《紅樓夢》裏到處都有。

有一次，賈母帶眾人遊園。寶玉看見水裏的荷葉已經枯萎了，殘破了，就說：「這些破荷葉可恨，怎麼還不叫人來拔去。」林黛玉就說了一句詩：

　　林黛玉道：「我最不喜歡李義山①的詩，只喜他這一句：『留得殘荷聽雨聲』②。偏你們又不留着殘荷了。」寶玉道：「果然好句，以後咱們就別叫人拔去了。」（第四十回）

　　你要是見過枯萎的荷葉，就會知道那東西很難看，或焦乾枯黃，左一根右一根地矗立水上；或黑乎乎的，帶着腐敗的氣息漂在水面上。但是視覺上不美，聽覺上卻可以是美的。現在很多公園裏都種荷花，你可以在一個下雨天，坐在公園的涼亭裏，聽着雨點打在枯荷葉上的聲音。你會感受到寂靜、蕭瑟，以及繁華即將逝去的傷感。這是一般的場合絕對體會不到的。但是，從李商隱到林黛玉（其實是曹雪芹），細膩的心靈都能懂這種美麗。而黛玉一說出來，寶玉立即就領略到了。

　　真情待人、關注現實、懂得審美，這不僅僅是《紅樓夢》的文學特點，也是我們在現代社會要具有的基本素質。所以，《紅樓夢》具有穿透時空的力量，無論古今，無論中外。這也是它被譽為中國古典小說巔峰的重要原因。

　　當然，《紅樓夢》太複雜了，一萬個人可以有一萬種解讀。

---

① 　唐代詩人李商隱，義山為字。

② 　李商隱《宿駱氏亭寄懷崔雍崔袞》中的詩句，原詩「殘」作「枯」。

所以，還有一門專門研究《紅樓夢》的學問，叫「紅學」。我的解讀也是從我個人的理解出發的，遠遠不是這部著作的全部。如果你讀完之後，能夠對原著產生極大的興趣，而把這本小書丟進廢紙簍，才是我求之不得的事情。

曹雪芹的人生經歷與《紅樓夢》有甚麼關係？

　　《紅樓夢》的作者是曹雪芹，這你肯定知道。但這個人到底出生於哪年，去世於哪年，生前除了寫了這部巨著之外，還幹過哪些事情，歷史上的記載很少。現在大多數人公認的是：曹雪芹出身於清代江寧織造曹家，《紅樓夢》這部書寫的是貴族家庭賈家從興盛到衰落的故事，其中有不少素材，就源自曹雪芹的家族歷史和他自己的親身經歷。

　　曹雪芹祖籍遼陽（也有說法是河北省豐潤縣），他的高祖叫曹振彥，原來是明代官員，後來歸附滿族建立的後金，在清軍入關時立過戰功。曾祖是曹璽，當過宮廷侍衛，和父親曹振彥一起平定過地方叛亂。這大概就是《紅樓夢》裏寧榮二府的始祖寧國公賈演和榮國公賈源的原型。寧榮二公在故事裏都是開國元勛，真刀真槍地打過仗，所以書裏說焦大「跟着太爺們

出過三四回兵，從死人堆裏把太爺背了出來」。

因為曹家是兩代功臣，所以他們和清代皇室關係一直很密切。曹璽的妻子孫氏，給幼年的康熙皇帝當過乳母。康熙皇帝即位後，曹璽就出任江寧織造。曹璽在江寧織造任上做了二十多年後去世，中間短暫的幾年，這一職位由一個叫馬桑格的人擔任。很快，曹璽的兒子曹寅又接替了這個職位。曹寅去世後，他的兒子曹顒、姪子曹頫又相繼接任。

江寧織造這個官，你可能不太了解是幹甚麼的。江寧織造的辦公地點在南京，是清代「江南三織造」之一（其餘兩個是蘇州織造和杭州織造）。主要為清代皇室採辦綢緞、布匹，每年都要數萬匹之多。因為江南是絲織品的主要產地。絲織品即使在今天也是極其貴重的商品，每年有這樣大宗的貨物出入，所以江寧織造是一個肥得流油的職位。

除了上面的主業，江寧織造還管理過鹽務，經營過銅的生意。鹽和銅都是國家的重要資源，這裏面的巨大利益也可想而知。

這還只是明面上的任務，實際上，江寧織造還擔當了皇帝的眼線。因為清代統治者原本是山海關外的滿族，入主中原後，在江南的統治並不穩固。清代初年，江南的很多著名文

人，在當地都有相當的影響力。清朝皇帝一方面對他們很防範，很想知道這些人都在幹甚麼，卻又不好公開打聽；另一方面，也很想把這些人拉攏過來，讓他們為自己效力。這種任務，必須是皇帝信得過的人去辦，沒文化的辦不了，一般的地方官又不能辦，這就需要特殊的人選，於是就落在了江寧織造頭上。

另外，江寧織造還負責打聽江南的各種消息，比如甚麼地方老百姓鬧事了，甚麼地方科舉考試舞弊了，甚麼地方鬧災了，這些情況雖然也有主管的地方官向皇帝匯報，但地方官總不免誇大或隱瞞，皇帝需要獲得多方面的情報來判斷實情。其他兩家織造的情況也大體差不多。

曹寅對自己的工作很負責，甚至明太祖朱元璋的陵墓塌了一個洞，曹寅也會寫奏章上報，康熙皇帝對這些小事也很感興趣，告訴他「繼續打聽，有甚麼閒話，寫摺子來奏」。因為這件事雖然小，塌洞的地方卻比較特殊。因為清王朝是取代了明王朝統治天下的，明代開國皇帝的墓塌了，如果處理不好，民間就會議論紛紛，甚至會編出甚麼「真龍出世」的故事。所以，江南三織造雖然級別不高，卻是皇帝非常信任的心腹。

江南三織造和普通的地方官不同，普通的地方官有任期，

到期必須離開。但江南三織造是皇帝的「自家人」，雖然沒有管理地方的權力，卻可以世襲，也不歸地方官管。

曹家把持江寧織造一職，前後長達六十多年。如果把高祖曹振彥的發家史也算進來，那就真的像《紅樓夢》說的「我們家赫赫揚揚，已將百載」，是名副其實的「昌明隆盛之邦，詩禮簪纓之族，花柳繁華地，溫柔富貴鄉」。

曹家的根基在南京，在北京也有家產。所以《紅樓夢》裏經常提到金陵，金陵就是南京的別稱。你可能會奇怪，為甚麼故事裏說的女子都住在京城（對應明清時的北京），卻叫「金陵十二釵」？為甚麼賈母一生氣，就叫人準備轎馬，「立刻回南京去」？這是因為曹家長期住在南京，拿南京當了自己的原籍。書裏很多地方，京城和南京其實是混淆的。

清朝皇帝也很信任這些「自家人」。康熙為了考察民情，檢驗水利工程，一生中南巡六次，就有五次住在江寧織造署裏，而其中四次都是由曹寅接駕的。所以《紅樓夢》裏有這樣一段，隱隱透出對當年接駕往事的回憶：

　　鳳姐笑道：「若果如此，我可也見個大世面了。可恨我小幾歲年紀，若早生二三十年，如今這些老人家也不薄

我沒見世面了。說起當年太祖皇帝仿舜巡的故事，比一部書還熱鬧，我偏沒造化趕上。」趙嬤嬤道：「噯喲喲，那可是千載希逢的！那時候我才記事兒，咱們賈府正在姑蘇揚州一帶監造海舫，修理海塘，只預備接駕一次，把銀子都花的淌海水似的！說起來……」鳳姐忙接道：「我們王府也預備過一次。那時我爺爺單管各國進貢朝賀的事，凡有的外國人來，都是我們家養活。粵、閩、滇、浙所有的洋船貨物都是我們家的。」

趙嬤嬤道：「那是誰不知道的？如今還有個口號兒呢，說『東海少了白玉牀，龍王來請金陵王』，這說的就是奶奶府上了。還有如今現在江南的甄家，噯喲喲，好勢派！獨他家接駕四次，若不是我們親眼看見，告訴誰誰也不信的。別講銀子成了土泥，憑是世上所有的，沒有不是堆山塞海的，『罪過可惜』四個字竟顧不得了！」（第十六回）

曹家的發家，有一個人不得不提，就是曹璽的兒子曹寅。曹寅比康熙皇帝小四歲，因為他母親做過康熙的乳母，所以他和康熙情同親兄弟，從小關係就特別好。後來，曹寅還當了康熙身邊的侍衛，跟着康熙見了不少世面。

曹寅能當上康熙的侍衞，說明武功是不差的，而且他文才還特別好。康熙十分喜歡他，他的父親曹璽去世後，康熙叫曹寅在別的地方歷練了幾年，便讓他擔任江寧織造的職務。

曹寅憑着自己的才華，也憑着江寧織造的特殊身份，交了不少文人朋友。這些文人學者在當時都是各自領域中的第一流人物，如大詩人朱彝尊、施閏章，書法家姜宸英，戲劇家洪昇、尤侗，大學者閻若璩等。甚至有些明代的「遺民」（改朝換代後仍然懷念舊王朝，不與新王朝合作的人），都和他關係很好。可以說，曹寅的家，就是當時頂級文化人的沙龍。曹寅自己的詩文、戲曲，水平也非常高。應該說，曹雪芹的文學才能，從他祖父這裏就打下了基礎。

但是曹家敗落，也是從曹寅開始的。曹寅結交名流，修建園林，應酬揮霍，更主要的是鋪張浪費的幾次接駕，虧空了大量公款。康熙雖然沒有認真追查，但也提醒他：這樣會給子孫惹禍，要他抓緊賠補。但是曹寅還沒有賠補完就去世了，他去世的時候，還留下二十三萬兩銀子的虧空。

曹寅去世後，他的兒子曹顒接任江寧織造，可兩年後他就去世了，死時大概才二十二、三歲。接着繼任的是曹顒的弟弟曹頫（實際上曹頫是曹寅過繼來的兒子）。

又過了幾年，康熙去世，曹家幾代人依靠的「大樹」倒了。康熙的兒子雍正即位後，曹家迅速失勢。表面上的原因，是曹家賠不上虧空；深層原因，可能是曹家參與了宮廷政治鬥爭，只是具體的細節已經不清楚了。雍正剛即位，就抄了蘇州織造李煦的家。又過了四年，即 1727 年底，雍正下旨，以曹頫虧空款項、轉移財產等罪名，命江南總督范時繹查封曹家。第二年，又下旨抄沒曹頫在南京的家產。這個「赫赫揚揚，已將百載」的大家族，終於像書裏說的一樣「忽喇喇似大廈傾」，一下子「樹倒猢猻散」了。

曹雪芹應該是曹頫的兒子，也有說法是曹顒的，但這並不重要。重要的是，他確實生在這個大家庭裏，趕上了一段最後的輝煌。大概他年幼的時候，曹家被抄，他只得跟着家人回到北京。南京的財產、奴僕，皇帝賞給了下一任江寧織造隋赫德。曹頫在監獄裏一關就是好幾年，而且經常被「枷號」（戴上木枷示眾）。曹家的孤兒寡母只能在北京城僅剩的幾間房子裏度日。

曹雪芹的青年時代是怎麼度過的，現在已經沒有資料可以查證了。只知道他在一個叫「右翼宗學」（皇族子弟的學校）的地方當過一段差，負責抄抄寫寫的工作。但這份工作他好像

沒能幹得長久，中年時，他搬到北京西郊的一個小村子裏。

今天你如果去北京西郊的植物園，還能看到一片老房子，上面寫着「曹雪芹故居」，這是現在學者們經過研究認定的。雖然未必就真的是那幾間房子，但曹雪芹確實在這一帶生活過。現在這裏和香山公園連成一片，是著名的風景區。但在當時，卻是名副其實的荒郊野嶺，交通十分不便。

曹雪芹晚年的生活是很淒苦的，他沒甚麼生活來源，又喜歡喝酒，他的朋友敦誠寫詩說他「舉家食粥酒常賒」。他窮到沒辦法，只好靠賣畫為生。他多才多藝，畫畫也不錯。可是禍不單行，大概在 1763 年，他最疼愛的兒子不幸去世了。曹雪芹受了巨大打擊，一病不起，在當年的除夕夜去世，年僅四十九歲。他的朋友說他「淚盡而逝」，可見這是多麼巨大的悲哀！

曹雪芹大概在三十歲前後，就開始創作《紅樓夢》。這部書在他生前應該是寫完了的，但是不知甚麼原因，流傳於世的只有前八十回（有可能是後四十回涉及的真人真事太多，觸犯了忌諱）。今天流傳的一百二十回本，是清朝兩個文人程偉元、高鶚在 1791 年和 1792 年先後排印出版的。過去都說後四十回是高鶚續寫的，其實並不確切。所以今天市面上《紅樓夢》

的封面，有的遵從舊習慣，印着「曹雪芹、高鶚著」，有的印着「曹雪芹著、無名氏續」，都是有道理的，你不用覺得奇怪（我這本書依據的人民文學出版社「中國古典文學讀本叢書」的本子，署名是「曹雪芹、高鶚著」，我在提到後四十回時，為了方便，仍然稱「高鶚續書」）。

現在你很難想像，清代被治罪的官僚生活會多麼慘。出事後，不是當官的一個人遭到懲罰，而是所有的家庭成員都要受到連累。前文說到江南三織造中的蘇州織造李煦，被抄家時已經七十多歲了，仍然被流放到打牲烏拉（今天吉林省吉林市），在荒無人煙的茫茫雪原上，很快就挨餓受凍死了。李家其他人口，在北京崇文門公開出售，被人買去做奴隸。曹家的情景，應該也差不多。成年男子或者被發配，或者淪為奴隸；沒出嫁的少女，或者被賣到妓院，或者流落街頭，或者窮困而死，都是極有可能的事情。假如你看到你的兄弟姐妹或好朋友遭受了這些經歷，你會有甚麼感受？

應該說，曹雪芹能寫出《紅樓夢》，和他的文學修養當然有關；但是，如果他沒有經歷過這樣的家族變故、人世滄桑，是很難寫出這樣一部流傳千古的巨著的。真的是「字字看來皆是血，十年辛苦不尋常」。

大詩人杜甫說過一句很有名的話，「文章憎命達」，意思是一個人如果一生永遠是一帆風順的，是很難寫出好的文學作品的。因為文學不僅僅靠才華，「人生體驗」這件事，不是文才出眾就能代替的。只有經歷過真正生活磨礪的人，筆下的故事才會厚重、扎實。否則再有才，失去了生活的依託，故事也沒有震撼人心的力量。

　　從命運遭際上來說，曹雪芹的一生，當然是不幸的；但他留下《紅樓夢》這樣一部名著，又是他的幸運，也是我們後人的幸運。這兩者幾乎是無法兼得的。如果我是一個神仙，能夠控制他的命運，我也實在難以抉擇，到底是讓他不要這樣痛苦，平平安安地過一生；還是狠下心腸降下一場場災難，好讓他給我們留下偉大的《紅樓夢》。

　　最後說一件很少有人注意的事。你可能以為曹雪芹既然是大文學家，寫的書又這麼高雅，一定是白衣飄飄、玉樹臨風的美男子。其實清代文人裕瑞在他的《棗窗閒筆》中記錄了曹雪芹的長相：「其人身胖頭廣而色黑，善談吐，風雅遊戲，觸境生春。」原來曹雪芹是一個寬腦門的黑胖子。所以相貌和才華沒有半毛錢關係，所以像我這種黑胖子，依然在不甘平淡地努力成為一個大文豪。

讀《紅樓夢》能夠培養甚麼能力？

曾經有人問我：給孩子讀《紅樓夢》，能培養他（她）甚麼能力？能不能迅速提高他（她）的作文分數？

我反問說：「你是不是認為《紅樓夢》的價值就是提高孩子的作文分數？」

顯然，他知道《紅樓夢》的名頭，也知道這是一部世界公認的偉大著作。我也理解他想提高孩子成績那種迫不及待的心情。但是，我實在覺得，他膽子太小，胃口太小，想從《紅樓夢》裏得到的東西太少了。

讀《紅樓夢》，能培養的能力當然很多，審美、修辭、禮儀、百科知識……但是這些我認為都不重要，最重要的是：你能理解到對每一個生命的體察、同情與反思。

一個孩子，在少年時期就懂得這些，是十分難得的。因為

除了英語、數學這些具體科目之外，體察、理解生命的能力，是一個人最寶貴的能力。

四大名著中，《紅樓夢》和其他三部小說不太一樣。《西遊記》裏有明確的正方反方：師徒四人和西天路上的妖怪。《水滸傳》有明確的善惡：水滸英雄和貪官污吏、姦夫淫婦。《三國演義》也有明確的褒貶：劉備蜀漢是正統，曹魏是篡位者。但是《紅樓夢》絕沒有這種清晰的對立。你說大觀園裏誰是正方，誰是反方？曹雪芹歌頌誰，鞭撻誰？好像都不是。《紅樓夢》中的每個人，他們的一舉一動，都有他的理由，他們並不是一些概念符號，比如忠奸、正邪、善惡，而是實實在在的人。《紅樓夢》是真正的「人」的文學，所以，很多孩子問我怎麼閱讀《紅樓夢》，我總是告訴他，你要放下三件事。

首先，你要把好人壞人這樣的區別放下。人就是人，各有特點，不能單純說好還是壞。作者不是法官，不需要對人做評判。你學過的很多課文，可能老師都會說作者在這篇文章裏歌頌了甚麼，鞭撻了甚麼。但你還可以換一套眼光：一部優秀的文學作品，是作者體察了甚麼，同情了甚麼，理解了甚麼。

第二，你要把這篇文章的中心思想是甚麼，要教育我們怎

麼做的想法放下。第一流的文學,不是要教育我們甚麼的,而是讓我們去感受和體悟。

　　第三,你還要把你自己的判斷放下,要進入故事,站在故事中人物的立場去想問題。這就叫「設身處地」,想想如果你是書中人物的話,會不會做出不一樣的選擇?

　　《紅樓夢》裏有一個非常著名的故事,叫「寶玉挨打」。這個故事是書裏鬧騰得很大的一件事,出場的人物也很多,賈母、賈政、王夫人、寶玉、賈環、黛玉、寶釵⋯⋯甚至薛蟠都被捲了進來。所以我們就把這件事拿出來講一講。

　　這次寶玉挨打有幾個起因:先是寶玉和一個唱戲的琪官交朋友,沒想到琪官的主人是忠順王,因為找不到琪官,忠順王府以為他在賈府,就來要人;再者寶玉和王夫人的丫鬟金釧兒親近,王夫人就罵金釧兒勾引寶玉,又打了她,金釧兒投井自盡。寶玉的異母弟賈環卻誣陷說是寶玉對金釧兒欲圖不軌;當然,賈政平時也對寶玉太過苛責。書中是這麼寫「寶玉挨打」的:

　　　　話未說完,把個賈政氣的面如金紙,大喝「快拿寶玉

來！」一面說，一面便往裏邊書房裏去，喝令「今日再有
人勸我，我把這冠帶家私一應交與他與寶玉過去！我免不
得做個罪人，把這幾根煩惱鬢毛剃去，尋個乾淨去處自
了，也免得上辱先人下生逆子之罪。」眾門客僕從見賈政
這個形景，便知又是為寶玉了，一個個都是啖指咬舌，連
忙退出。那賈政喘吁吁直挺挺坐在椅子上，滿面淚痕，一
疊聲「拿寶玉！拿大棍！拿索子捆上！把各門都關上！有
人傳信往裏頭去，立刻打死！」眾小廝們只得齊聲答應，
有幾個來找寶玉。（第三十三回）

寶玉來了之後，賈政就把門關上，開始痛打，前後打了幾
十板子，打得寶玉遍體鱗傷。王夫人聞訊，慌忙趕來勸阻。

王夫人連忙抱住哭道：「老爺雖然應當管教兒子，也
要看夫妻分上。我如今已將五十歲的人，只有這個孽障，
必定苦苦的以他為法，我也不敢深勸。今日越發要他死，
豈不是有意絕我。既要勒死他，快拿繩子來先勒死我，再
勒死他。我們娘兒們不敢含怨，到底在陰司裏得個依靠。」
說畢，爬在寶玉身上大哭起來。（第三十三回）

王夫人正勸不開，賈母聞訊也趕來了。賈母是賈政的母親，是賈府地位和輩分最高的人，賈政只得住手。

賈政上前躬身陪笑道：「大暑熱天，母親有何生氣親自走來？有話只該叫了兒子進去吩咐。」賈母聽說，便止住步喘息一回，屬聲說道：「你原來是和我說話！我倒有話吩咐，只是可憐我一生沒養個好兒子，卻教我和誰說去！」賈政聽這話不像，忙跪下含淚說道：「為兒的教訓兒子，也為的是光宗耀祖。母親這話，我做兒的如何禁得起？」賈母聽說，便啐了一口，說道：「我說一句話，你就禁不起，你那樣下死手的板子，難道寶玉就禁得起了？你說教訓兒子是光宗耀祖，當初你父親怎麼教訓你來！」說着，不覺就滾下淚來。（第三十三回）

這段故事中，賈政當然看起來很可惡。三、四十年前的很多解讀，都說賈政自私、虛偽，是「封建衛道士」，扼殺了寶玉的自由等。

賈政打寶玉的理由，是他對賈母說的「為兒的教訓兒子，也為的是光宗耀祖」，這句話今天聽起來讓人很不舒服，「光宗

耀祖」這件事有甚麼好？憑甚麼為了「光宗耀祖」就可以打孩子？這不是虛偽嗎？

其實你只要深入體察一下，就會發現，賈政並不虛偽，他的心情是可以理解的。因為我們今天大多數人都是小家庭，而且基本也都是平民百姓，談不上「光」甚麼「耀」甚麼。大多數人對「光宗耀祖」這句話沒甚麼感覺。但賈府不同，他們是大族，祖上是開國功臣，太過輝煌，後代兒孫的責任就特別大，賈府年輕人的自主選擇並不多，不得不擔起這個重擔。另外在賈府，「光宗耀祖」並不是孩子拿到多少獎狀、多高分數的問題，而是最現實不過的問題：外面有一大堆政務甚至政敵等着應對，裏面有三五百人等着吃飯。貴族家庭必須培養合格的繼承人，好讓整個家族繼續興旺下去，而賈府的兒孫卻一代代衰落，弄不好哪天就「樹倒猢猻散」。賈政能不急嗎？

所以體察了賈政的心情之後，你雖然還是嫌他太粗暴，但也會對他有所同情。生為貴族，有貴族的難處：既然享受了錦衣玉食的榮華富貴，就得擔負起維護這榮華富貴的責任。但是寶玉在這方面是不合賈政要求的。寶玉追求個性，追求自由，他欣賞琪官，和琪官交朋友，根本就沒考慮家族未來，當然他作為一個少年，也不可能考慮那麼多；但賈政考慮的是家族的

利益（包括寶玉的未來）。雙方誰有錯呢？誰都沒錯，只是立場不同起了衝突。

賈政下狠手打寶玉，還有一個不便明說的原因，來要人的忠順王，在政治上和賈家很可能是兩派勢力。書裏說忠順王府來要人時，賈政暗想道：「素日並不和忠順府來往，為甚麼今日打發人來？」忠順王派人來，是個極其危險的信號。因為這可不是簡單地找個人，這件事日後興許就會成為政治鬥爭的定時炸彈！一旦成為對方的靶子，受害的可不是寶玉一個人，而是賈府上上下下三五百口！

所以你會發現，賈政的感情，並不是假的。他雖然怒氣沖天，卻在哭，在流淚，在「淚痕滿面」。老實說，我小時候讀到這一段，看見賈政居然會「淚痕滿面」的時候，我是吃驚的，不知道他為甚麼哭。當爹的打了兒子，又沒有誰打他，他為甚麼會哭？

但是當我做了父親之後，我才發現，打孩子，父母心裏真的是痛的。孩子是親生骨肉，打在孩子身上，等於打在自己身上。我回憶起小時候父親打我的時候，他也流過淚。

王夫人勸過之後，賈政「不覺長歎一聲，向椅上坐了，淚如雨下」。人越到中年，可以流淚的事就越多：對兒子恨鐵不

成鋼（他現在還不知道金釧兒之死是誣告），對家族頹勢和外界危機的無奈，對早夭長子賈珠的懷念，仔細體察一下，他的流淚，有許多深層的原因。

書中的賈母和王夫人，像普通的奶奶和媽媽一樣，凡事護着寶玉，然而兩個人的方式又有不同。王夫人是苦苦哀求，因為在那個時代，丈夫的權力是大過妻子的；而賈母來了對賈政就是一頓訓斥，根本不聽他辯解。因為在這裏情況又反了過來，賈母是賈政的母親，是家族的最高權威，賈政對她只能唯唯諾諾，絲毫不敢反抗。

這裏面還有一個孩子賈環，寶玉挨打的導火索就是賈環的誣告。賈政是因為聽信了賈環的話，才狠打寶玉的。賈環當然是罪魁禍首，但他不值得同情嗎？也不是的。

賈環在《紅樓夢》裏，是一個猥瑣的男孩。賈府所有的少年，甚至丫鬟們，都不喜歡他。他逮着機會就搞破壞，有一次搞破壞，是故意用油燈燙傷了寶玉。

但是，你有沒有想過，你們每一個班上，都會有一兩個孩子，他們縮在角落裏，平時鬼鬼祟祟，喜歡搞破壞，所有的同學都孤立和討厭他們。可你有沒有想過，是他們天生就這樣，還是有甚麼原因？

　　賈環猥瑣卑賤，是因為他的身份是「庶出」。古代的男人如果有條件，除了娶正式的妻子之外，還可以再娶妾，但是妾的地位不如正妻。賈環的母親趙姨娘就是賈政的妾。賈環就是在這樣一個受歧視的環境下長大的。人們喊他「小凍貓子」「墊端窩子」。賈環是趙姨娘的依靠，趙姨娘又心術不正，滿心盤算，如果寶玉死了，「明日這家私不怕不是我環兒的」。賈環身上承擔的是趙姨娘的不安全感和貪婪，所以，他也值得同情。寶玉這時候才十四、五歲，他只能比寶玉更小。一個在今天才上五、六年級的孩子，卻承擔了這麼多東西，性格不扭曲才怪！

　　賈政和賈環，當然在寶玉挨打這件事上表現得很糟糕。一個粗暴，一個猥瑣，但他們的動機，卻值得你用心去體察。你對他們的體察越深刻，就會越理解他們的行為。

　　所以，很難按照一般的習慣，概括「寶玉挨打」這個故事的「中心思想」是甚麼，以及裏面誰是好人（正派），誰是壞人（反派）。因為所有的人，都按照自己的行事邏輯行動，每個行動背後，都有一個充足的理由。我們讀這個故事，不是做法官，去審判誰對誰錯，而是要體察他們的內心是甚麼。

　　體察和同情這兩種能力，對你無形的提升和對你人格魅力

的塑造，可能會遠超過英語、奧數、百科知識等。這種本領，教科書很難教，培訓班也沒有。但幸運的是，世界上還有一種東西，能夠培養這種能力，就是閱讀，尤其是閱讀卓越的文學著作。因為越是名著，越會深入觀照複雜的人性，每個人都被各自的理由推動着，做出符合他人性和身份的事，而不是簡單淺薄的這個人好得沒來由，壞得也沒來由。

體察和同情，是第一步和第二步，而後面一步是反思。

反思就是設身處地想一想，如果把自己放在書中人物的位置，會不會做出同樣的事。比如說我現在做了父親，就會經常拿賈政做比較：我要是聽到孩子做了不好的事，會不會不分青紅皂白上來就打？反之，如果我是寶玉的話，見到琪官時，是不是也會打聽一下對方的身份，避免無心之失？同是趙姨娘的孩子，為甚麼探春就令人尊敬，賈環就令人討厭？這些問題都是值得你思考的。

文學中的人物，當然和現實中的人物不一樣。作者寫人肯定是突出他某一方面，比如賈環的猥瑣、黛玉的純粹、寶釵的圓融。甚至《紅樓夢》的回目就很有趣，用一個字來概括這個人的性格，比如：

賢 襲人嬌嗔箴寶玉

勇 晴雯病補雀金裘

敏 探春興利除宿弊

時 寶釵小惠全大體

慧 紫鵑情辭試忙玉

慈 姨媽愛語慰痴顰

憨 湘雲醉眠芍藥裀

呆 香菱情解石榴裙

懦 小姐不問累金鳳

……

襲人的「賢」、晴雯的「勇」、探春的「敏」、寶釵的「時」（有的版本作「賢」）、湘雲的「憨」、迎春的「懦」……都是這個人的核心性格。

當然，你可能也不「賢」，也不「勇」，只是一個普通人。但這些人物對你來說，是一面面鏡子，可以照出你人性中某些和他們相似的東西。

每個人的人格，都有高貴光輝和粗陋卑賤的一面，這沒有甚麼可避諱的。所以，少年時期閱讀文學是一個極好的機會：

你在讀書中可以隨時發現，你身上哪些地方像寶玉、寶釵、黛玉，哪些地方像薛蟠、賈環。保留人性中高貴光輝的一面，去除粗陋卑賤的一面，並學會體察、理解別人，這個時候，你才能真正長大。

《紅樓夢》裏的「四大家族」是怎麼回事？

  《紅樓夢》這部書，主要寫的就是以賈家為首的賈、史、王、薛「四大家族」從興盛到衰敗的故事。它雖然寫了許多風花雪月、愛恨情仇，但背後卻是一個極其龐大的家族關係網。

  《紅樓夢》剛開始的時候，出現了一個讀書人，叫賈雨村。這個名字實際上是作者玩的一個文字遊戲，《紅樓夢》這本書裏的故事都是「賈雨村言」，其實就是「假語村言」，「村」就是粗俗、拙劣的意思。「賈雨村」這個名字是在故意告訴讀者，不要把《紅樓夢》裏的事當真——其實這反倒是「此地無銀三百兩」，書中有些事，恰恰是真的。

  賈雨村並不是賈府的人，只是因為做過賈政外甥女林黛玉的家庭教師，才攀上了賈府的高枝。後來又靠賈政幫忙，弄了個肥差，當上金陵應天府知府，大致相當於今天的南京市市

長。這個官着實不小，但在賈政辦起來，簡直是輕而易舉的事情，可見賈府權勢之大。

賈雨村剛上任，就碰上一樁案子。原來金陵有個叫薛蟠的貴公子，平時橫行霸道，有一天他看上了一個被拐賣的女孩，想買來使喚。誰知人販子貪心，已經把這個女孩賣給了一個叫馮淵的人，想把兩家的錢捲走跑路。哪知道被發現了，薛馮兩家就爭吵起來，都要搶人。薛蟠仗勢欺人，把馮淵打死了。死者家屬告了一年的狀，沒人肯管。

賈雨村新官上任三把火，立即下令，叫人火速把薛蟠捉拿歸案。這時候，旁邊一個門子（衙門裏的雜役）對他使眼色。賈雨村很奇怪，就立即退堂，把門子叫到身邊。

這門子道：「老爺既榮任到這一省，難道就沒抄一張本省『護官符』來不成？」雨村忙問：「何為『護官符』？我竟不知。」門子道：「這還了得！連這個不知，怎能作得長遠！如今凡作地方官者，皆有一個私單，上面寫的是本省最有權有勢、極富極貴的大鄉紳名姓，各省皆然；倘若不知，一時觸犯了這樣的人家，不但官爵，只怕連性命還保不成呢！所以綽號叫作『護官符』。」（第四回）

「護官符」的說法是一種比喻，當地富豪權貴的名單，就相當於有法力的「符」，能保佑當官順利，所以叫「護官符」。

這張「護官符」是甚麼樣子的呢？這個門子拿出了一張紙，上面有四句順口溜，寫的是金陵四個最富貴、最有權力的家族：

> 賈不假，白玉為堂金作馬。
>
> 阿房宮，三百里，住不下金陵一個史。
>
> 東海缺少白玉牀，龍王來請金陵王。
>
> 豐年好大雪，珍珠如土金如鐵。（第四回）

「四大家族」祖上都是國家重臣，他們不但在金陵勢力很大，也有一大部分住在京城。關於他們家族內部的沿襲情況，「護官符」上也標註得清清楚楚。

這裏需要簡單解釋一下：

第一句講賈家。「玉堂」是漢代皇宮裏一座宮殿的名字，台階不用磚石，是用白玉砌的，十分豪華。後來，翰林院也叫「玉堂」。漢代皇宮裏還有一座門叫「金馬門」。這兩句不但說賈府的豪華奢侈，還暗示賈家有很高的政治地位，文化水平也很高。

第二句講史家。阿房宮是秦始皇修建的宮殿，規模十分宏大，傳說方圓有三百里。然而，三百里的阿房宮，史家都住不下。可見史家的勢力是多麼壯大。

第三句講王家。神話傳說中，龍王擁有海底寶藏，十分富有（所以《西遊記》中孫悟空的金箍棒，也是向東海龍王要的）。龍王這麼有錢，還得找金陵的王家借白玉牀，可見王家是多麼的闊綽了。

第四句講薛家。「豐年好大雪」的「雪」，指的是「薛」，因為「薛」和「雪」諧音。薛家是皇商，所以薛蟠經常能弄來各種奇珍異寶，讓人大開眼界。

賈史王薛四家關係相當緊密，相互之間有姻親關係。賈家是開國功臣寧國公、榮國公的後代，賈寶玉的奶奶、賈府地位最高的「老祖宗」，就是史家的女兒，所以書中又叫她「史老太君」。和賈寶玉、林黛玉玩得很好的史湘雲，也是史家的女孩，她的祖父就是賈母的親兄弟。賈寶玉的母親王夫人，以及賈璉的妻子王熙鳳，薛蟠和薛寶釵的母親薛姨媽，都是王家人。王夫人和薛姨媽是親姐妹，二人都是王熙鳳的親姑姑。按照續寫的後四十回，薛寶釵又和賈寶玉結了婚。薛寶釵還有一個堂妹叫薛寶琴，十分有才華，賈母本想把她說給賈寶玉為妻，後

來得知寶琴已有婚約，才只得作罷。

你第一次看《紅樓夢》，可能覺得裏面的人物關係比貓抓了的線團還亂，其實這在古代大家族裏是非常正常的。賈史王薛四大家族靠婚姻關係，緊緊地綁在了一起。《紅樓夢》管這叫「聯絡有親，一損俱損，一榮俱榮，扶持遮飾，俱有照應」。

「四大家族」還有許多旁支，比如聰明伶俐的賈芸、在尼姑庵裏胡作非為的賈芹、管唱戲女孩子的賈薔，都是賈氏一族，但因為他們不是寧榮二府的子孫，日子過得也一般，需要靠巴結寧榮二府混日子。

「四大家族」的原型很可能就是曹雪芹和他的親族。我們在第二節提到的「江南三織造」中，曹家是江寧織造，曹寅的大舅子李煦（就是曹雪芹的舅爺）是蘇州織造，杭州織造孫文成也是曹寅的娘家親戚，而且孫文成上任還得到了曹寅的推薦。在曹璽、曹寅之間任江寧織造的那位馬桑格，很可能也是曹家的重要親戚。所以《紅樓夢》開篇就提到賈史王薛「四大家族」（包括作者故弄玄虛地和「賈」（假）家對應的「甄」（真）家），原型極有可能就是曹、李、孫、馬這幾個龐大的織造世家。「四大家族」的興衰，很可能就是曹、李、孫、馬這幾個

家族的興衰。

「四大家族」不但是整個《紅樓夢》的背景，書中故事也是通過「四大家族」不停地交流穿插進行下去的。

《紅樓夢》的故事以賈家為主，每當有外人進入賈府，就會發生許多新鮮事，推動故事進行下去。

第一個進入賈府的外人，是林黛玉。當然，她是賈母的外孫女，也可以算作賈家自己人。寶玉和黛玉一見鍾情，從此就一起玩耍、一起吃住，故事就從這裏開始了。

第二個進入賈府的外人是薛寶釵。薛寶釵是薛蟠的妹妹，薛蟠打死人惹出事後，就和母親薛姨媽、妹妹寶釵來到了京城。這倒不是薛蟠畏罪逃竄，他家本來也是要進京的。這時皇宮在選女官，薛蟠的妹妹薛寶釵打算進京候選。薛家在京城的買賣也少人打理，薛家是皇商，要定期進京報賬領錢。於是一家三口帶着丫鬟僕人進京來。薛家在京城雖然有房屋，卻好久沒收拾，不方便居住，於是薛姨媽就帶着寶釵住到賈府。

薛家的到來，把寶玉、黛玉的關係打破了。從此寶玉身邊除了「林妹妹」，還多了一個「寶姐姐」。而這位寶姐姐無論相貌、文才，都和林妹妹不相上下。寶釵從小戴着一個金項圈，和賈寶玉的那塊玉正好是一對，所以很多人都覺得他倆是真

正的「金玉良緣」。而且薛姨媽很受賈母歡迎，經常和老太太聊天、打牌。薛姨媽在賈府的舉動，也影響了寶玉和黛玉的關係。另外，薛蟠也經常勾引寶玉出去吃喝玩樂，埋下了一些禍根（如得罪忠順王府）。

薛、賈兩家相處了一段時間後，史家又介入進來。史家一個重要而神祕的人物史湘雲來到賈府。說史湘雲重要，是因為她性格開朗、活潑，和寶釵的穩重、黛玉的敏感完全不同；而她的文采又絕對不輸給寶、黛二人，比賈家的少男少女高出一大截。釵、黛、湘三位少女形成了三足鼎立的局面，整個故事就更加好看了。

說她神祕，是因為今天的《紅樓夢》已經不完整了，但在曹雪芹最初的設計裏，最後似乎是史湘雲嫁給了賈寶玉。因為《紅樓夢》第三十一回的回目叫「因麒麟伏白首雙星」，賈寶玉得到一個金麒麟，恰恰史湘雲也有一個，正好配成一對。還有一些清代人說，見過《紅樓夢》的一些殘稿，那上面說賈寶玉娶了史湘雲。所以很多學者猜測，這是不是暗示着寶玉經過和黛玉、寶釵的感情之後，最後和湘雲白頭到老了呢？

賈寶玉和薛家、史家都發生了緊密聯繫，那麼有沒有和王家發生聯繫呢？

當然是有的。寶玉雖然沒有和王家的姑娘產生感情，但王家卻是他身後的大背景：寶玉的母親王夫人、寶釵的母親薛姨媽都是王家人。而王家還有一個重要人物王熙鳳，長期把持着賈家的管理大權和經濟命脈。甚至可以說，真正決定寶玉命運的，就是這幾位王家人。

　　當然，後來還有一位進入賈府的重要人物，就是薛家的薛寶琴。按書中的描寫，她也是極有風采的，可以說是不輸給釵、黛、湘的第四位外來女孩。但可惜她來得太晚，八十回之後，不知道曹雪芹為她設計了甚麼故事（也有人說她是林黛玉的「副本」）。

　　以上就是《紅樓夢》（前八十回）大體的故事脈絡。可以說，《紅樓夢》最精彩的故事，都是「四大家族」中的重要人物不停地碰撞產生的。

　　曹雪芹除了用「四大家族」做背景和推動故事之外，還借他們反映了當時的社會現實。

　　賈雨村看到「護官符」後，門子對他說，這個殺人兇手薛蟠，就是「豐年好大雪」的「薛」家，你怎麼敢得罪這戶人家？賈雨村這才明白過來。而且薛蟠的母親就是賈政妻子王夫人的親妹妹，賈政這位保他當上美差的大恩人，就是薛蟠的親

姨父。要是依法處治了薛蟠，就把賈、王兩大家族全得罪了！

但是馮家的家屬天天喊冤叫屈，也不是個辦法。門子就出主意說：「您就說薛蟠已經得急病死了，讓地方官出個證明，好讓死者家屬相信。兇手已死，他們還找誰償命？薛家有的是錢，千兒八百的銀子對他們來說像毛毛雨一樣。您判薛家多賠點銀子給馮家就行了。」於是賈雨村徇私枉法，胡亂判了案。果然死者家屬得了銀子，也就不再鬧了。而薛蟠對這件事從一開始就「視為兒戲，自為花上幾個臭錢，沒有不了的」，官司還沒有了結，這位「暴病身亡」的薛家大少爺早就帶着家人上京城遊玩去了。

《紅樓夢》不但寫賈雨村斷案很現實，寫馮家人也很現實。馮家告狀，「不過賴此欲多得些燒埋之費」，賈雨村判薛家賠了許多燒埋銀子，馮家也就沒甚麼話說了。誰又真的肯為慘死的馮淵伸張正義呢？沒有人！這件事竟然就這樣過去了。

辦完這件案子，賈雨村立即給賈政寫信，說「令甥之事已完，不必過慮」。賈政雖然是個「正派人」，但讓他「大義滅親」，去懲治自己夫人的外甥，卻也不能做到，於是這件事就睜一隻眼閉一隻眼算了。

曹雪芹能寫出這些，是因為他本人就是豪族的一員。我們

說過，《紅樓夢》有曹雪芹自傳的性質，書裏很多事，都很有可能是以他家族的事情為原型寫作的。這就是曹雪芹的可貴之處，他敢於批判自己、反省自己。從字裏行間，我們能讀出許多懺悔。他也許在懺悔自己，也許是替自己的家族懺悔。

你可能經常聽說，《紅樓夢》是「現實主義的文學傑作」。「現實主義」是甚麼意思呢？就是如實地反映現實，在文學中真實地再現社會生活。武俠小說裏，各路大俠行走江湖，從沒聽說缺過錢，永遠能從腰裏掏出白花花的銀子；玄幻小說裏，主角永遠能在神祕山洞裏撿到法寶。這些就不是現實。並不是說現實主義的小說一定好，而是不同的小說，有不同的作用。現實主義的小說，能使你更加深刻地認識真實的人間。

大觀園是不是一座世外樂園？

　　《紅樓夢》裏一多半故事，都是在大觀園裏發生的。所以你可能有個印象，就是賈府的人都住在大觀園裏，其實不是的。

　　賈府分兩家，寧國公府和榮國公府，大部分人都住在這兩座府裏。本來沒有大觀園這個園子，賈政的女兒賈元春進宮當了皇妃，有一年要回家省親，這在當時，是一件非常重要的事，因為賈元春的身份已經不僅僅是賈家的女兒，而是代表着皇帝和皇權。她回來，不是拜見父母，而是叫「臨幸」，父母要向她跪拜。所以賈府十分重視這件事，在兩府旁邊另闢了一塊地方，修建了一座豪華的園林。賈元春「臨幸」了之後，給這座園林起了個名字，叫大觀園。

　　按過去的規矩，皇妃「臨幸」過的地方，別人再沒資格去

住，是要恭恭敬敬地鎖起來的，但是賈元春比較通情理，她特地下令，說園子閒着也是閒着，不如叫家裏的年輕女孩都搬進去住。林黛玉、薛寶釵和賈府還沒出嫁的女孩子，以及賈府年輕守寡的媳婦李紈等，都分到了一處院子。賈寶玉是唯一的男孩（其實還有個賈蘭，是賈寶玉的姪子，但他年紀太小，於是跟着媽媽李紈，不能獨立居住）。賈元春知道寶玉是和這些姐姐妹妹一起長起來的，怕他寂寞，特許他也搬了進去。

這些少男少女住進來之後，大觀園「花招繡帶，柳拂香風」，他們「或讀書，或寫字，或彈琴下棋，作畫吟詩，以至描鸞刺鳳，鬥草簪花，低吟悄唱，拆字猜枚，無所不至，倒也十分快樂」。少男少女們在大觀園裏算是開心到極點了。

但是，這樣一座美麗的世外樂園，保持到最後了嗎？沒有，沒過幾年，大觀園裏的人就都散去了，園子也荒蕪了。

為甚麼會這樣呢？其實這座樂園從一開始就注定了走向衰落的命運。

大觀園是不是一座樂園，得分甚麼人看。因為不同的人看大觀園，是不一樣的。

元宵佳節，賈元春回家省親，她眼裏的大觀園是這樣的：

只見清流一帶，勢如游龍，兩邊石欄上，皆繫水晶玻璃各色風燈，點的如銀花雪浪；上面柳杏諸樹雖無花葉，然皆用通草綢綾紙絹依勢作成，黏於枝上的，每一株懸燈數盞；更兼池中荷荇鳧鷺之屬，亦皆係螺蚌羽毛之類作就的。諸燈上下爭輝，真係玻璃世界，珠寶乾坤。船上亦有各種精緻盆景諸燈，珠簾繡幙，桂楫蘭橈，自不必說。（第十八回）

這個時候是元宵節，還是冬天，大觀園裏竟然用綾羅綢緞做成假花假葉，黏在樹枝上，連水裏的荷葉、水鳥，都是人工製作的模型。要知道，當時沒有批量產品，每一樣都是人工一點點做好的。這是多大的工程！

但是賈元春看到這些很高興嗎？並沒有，她「看此園內外如此豪華，因默默歎息奢華過費」。這「奢華過費」，已經暗示着衰落的命運了。

書裏還有一個人叫賈芸，是賈府支脈。大觀園在他看來，可沒那麼多賞心樂事。因為他欠了一屁股債，家產又被舅舅霸佔了去，鑽破了頭，才在王熙鳳手裏討了個大觀園花木工程的差事。

王熙鳳給他批了二百兩銀子，他剛到家，就從這裏面拿了十五兩還舊賬——這可是公款，再有欠賬，按道理也是不能挪用的。然後，他又從裏面拿了五十兩，「出西門找到花兒匠方椿家裏去買樹」。那麼剩下的一百三十五兩呢？不好說。

　　這段描寫很有意思，因為是緊接着寶玉、黛玉在大觀園裏共看《西廂記》寫的。上一段仙境一樣，美得令人心醉；下一段就一下子落入現實，世態炎涼令人歎息——這是《紅樓夢》一個常見的寫法，曹雪芹經常喜歡做這樣的對比。

　　除了賈芸，賈府還有個同宗叫賈薔。元妃省親時，他奉命去蘇州採買樂器和唱戲的女孩子。這也是個美差，裏面是有油水可以私吞的。賈蓉甚至當面討好王熙鳳：「嬸子要甚麼東西，吩咐我開個賬給薔兄弟帶了去，叫他按賬置辦了來。」賈薔自己也討好王熙鳳的丈夫賈璉：「要甚麼東西？順便織來孝敬。」賈璉笑道：「我短了甚麼，少不得寫信來告訴你。」在他們看來，這些小的「跑冒滴漏」，都是可以公開談論的。

　　其實你可以想想，你去過的任何樂園，一片繁花似錦的背後，人工要花錢，水電要花錢，保安要花錢，草坪要花錢，維持這些表面的工程，背後需要很多人力、物力的付出。但童話故事中的樂園，從來沒說它是靠甚麼維持的，似乎天然就存在

了。寶玉、黛玉在大觀園裏面傷春悲秋，比他們大不了幾歲的賈芸，卻顧不上這些，不得不面對實際的生存問題。

所以曹雪芹寫的大觀園，是快樂的，純潔的，卻永遠是建立在現實基礎上的。大觀園在賈寶玉眼裏，是歡樂自由的樂園；在賈芸、賈薔眼裏，是油水「充足」的工作；在賈元春眼裏，是令她不安的禮物；在劉姥姥眼裏，就是一座座大廟（在她有限的人生經驗裏，高大的建築物大概只有寺廟）；在學戲的齡官眼裏，大觀園就是牢坑了（學戲的女孩都是買來的，是很苦很卑賤的）。

在《西遊記》裏，花果山極盛時有四萬七千隻猴子，此外還有其他不計其數的野獸。但是作者從來不會考慮猴子的繁衍，會不會導致山上的資源不夠？猴子們為了爭搶食物，有沒有恃強凌弱？好像只要大聖爺爺在，一切就像童話一樣快樂。

然而，大觀園卻是注定無法持久的，因為它無法和現實世界完全隔絕。等賈元春去世，賈府的不肖子孫把家業吃乾糧淨，大觀園就注定要衰落了。

那麼，如果賈元春不去世，賈府能維持下去，大觀園會衰落嗎？答案也是一定會。因為壓在大觀園上空的，還有家長的威權。

元春傳旨叫弟弟妹妹們搬進大觀園，原文是這樣說的：

> 賈政、王夫人接了這諭，待夏守忠去後，便來回明賈母，遣人進去各處收拾打掃，安設簾幔牀帳。別人聽了還自猶可，惟寶玉聽了這諭，喜的無可不可。正和賈母盤算，要這個，弄那個，忽見丫鬟來說：「老爺叫寶玉。」寶玉聽了，好似打了個焦雷，登時掃去興頭，臉上轉了顏色，便拉着賈母扭的好似扭股兒糖，殺死不敢去。（第二十三回）

這時的寶玉約有十二、三歲，其餘的人除了李紈成年之外，年紀都和他差不多。十二、三歲，正好是童年快要結束，青春期即將開始的年齡。賈寶玉在這個當口得到這樣一個園子，無疑標誌着他可以脫離父母的照顧，而有了獨立的生活。

後來更多親戚的女孩，如史湘雲、薛寶琴、李紋、李綺、邢岫煙等，也都陸續住了進來。賈府的成年人，賈母、賈政、王夫人，都不住園子裏，而且大觀園和榮寧二府之間都有圍牆，他們也不經常進來，所以大觀園是真正的少年樂園。

其實許多文學故事裏，都有世外樂園，《西遊記》裏的花果山，《水滸傳》裏的梁山泊，《彼得·潘》裏的永無島，《水

51

孩子》裏的逍遙國，但是，《紅樓夢》裏的大觀園，卻和這些都不同。

大觀園裏每一處庭院，都是少年們自己選的，都符合主人的個性。比如這段：

> 只見林黛玉正在那裏，寶玉便問他：「你住那一處好？」林黛玉正心裏盤算這事，忽見寶玉問他，便笑道：「我心裏想着瀟湘館好，愛那幾竿竹子隱着一道曲欄，比別處更覺幽靜。」寶玉聽了拍手笑道：「正和我的主意一樣，我也要叫你住這裏呢。我就住怡紅院，咱們兩個又近，又都清幽。」
>
> ……薛寶釵住了蘅蕪苑，林黛玉住了瀟湘館，賈迎春住了綴錦樓，探春住了秋爽齋，惜春住了蓼風軒，李氏住了稻香村，寶玉住了怡紅院。（第二十三回）

黛玉孤僻高傲，所以就選全是竹子、鮮花很少的瀟湘館。寶玉喜歡熱鬧，就選紅花綠葉的怡紅院。寶釵冷靜周密，就選藤蘿清香的蘅蕪苑。李紈低調簡樸，就選鄉村氣息濃鬱的稻香村。探春聰明敏銳，就選開闊通透的秋爽齋……每個院落都符

合主人的個性，而主人的個性，也在院落中得到了舒張。這真是一件相得益彰的事情。

寶玉在進大觀園之前，是跟着賈母睡的，一直到他十二、三歲，終於有了獨立空間，所以你看書裏寫寶玉聽到這個消息之後的反應，「惟寶玉聽了這諭，喜的無可不可。正和賈母盤算，要這個，弄那個」，小男孩那個高興勁躍然紙上。我想如果你突然得到了這樣一個自由的院落的話，也會樂翻了天吧！

賈府蓋大觀園，目的是做省親別墅用，並不是給這些少年住的。偏巧皇妃娘娘下了這麼一道旨意，賈政只得聽從。所以這件事第一要感謝的是元春娘娘，這是她送給弟弟妹妹的厚禮。她在諭中說，讓弟弟妹妹們搬進去住的目的，是怕「佳人落魄，花柳無顏」，而且對他們「不可禁約封錮」。「落魄」就是失意，這裏指受壓抑。《紅樓夢》首先講的是一個尊重人性的故事，元春雖然貴為皇妃，但對弟弟妹妹們的天性十分尊重。

大觀園的出現只是一個偶然事件，賈府真正的父母權威，依然在大觀園之外緊緊圍繞。大觀園給孩子們自由的範圍，僅限於它的圍牆之內。

所以曹雪芹在寶玉歡天喜地地準備搬到大觀園居住之後緊接着寫了一句「忽見丫鬟來說：『老爺叫寶玉。』」這句話簡

直是神來之筆,換一個人絕對寫不出。這句話就像「打了個焦雷」,登時把寶玉的興頭打得乾乾淨淨。這其實暗示我們,在父母的權威面前,這座樂園簡直是不堪一擊的!

《紅樓夢》裏有一個著名的故事,就是「惑奸讒抄檢大觀園」,講的是王夫人在大觀園發現了一些違背禮教的事,於是派人闖進大觀園,一個院子一個院子地查抄,然後自己又帶人進去,親自清點,趕走了一些她素來看不慣的丫頭,因為她怕某些女孩子勾引寶玉學壞。從這次開始,大觀園的人際關係就越來越詭異,再也沒有當年天真快樂的氣氛了。

我十四、五歲的時候,和一個女生是好朋友。後來我們不在一個地方了,她還給我寫過信,講她遇到的各種事情,開心的和不開心的。其實信中根本沒有任何越軌的內容,但被我父親看到,頓時天翻地覆。他對我的各種懲罰接連而至,然後加強了對我的控制。這件事給我造成極大的傷害,也成了我少年時揮之不去的陰影。

如今我也有了孩子,我時刻警醒自己:父母對孩子的愛,固然是無私的;但他們對孩子的威權,也是不受約束的。能主動約束自己的威權,給孩子留出一個自由的空間,並不是每個家長都能做到的。

那麼，假如寶玉的父母非常開明，大觀園會不會消亡呢？很遺憾，也會的。

　　因為大觀園除了空間上是有局限的，在時間上也是。

　　文學故事裏的樂園，都有一個主題：桃花源的主題是和平，花果山的主題是自由，而大觀園的主題是青春。

　　然而很遺憾，青春是一個時間概念，不會永駐，時間一到，就注定要逝去。

　　書裏暗示這個終極命運的故事，是著名的「黛玉葬花」：

　　那一日正當三月中浣①，早飯後，寶玉攜了一套《會真記》，走到沁芳閘橋邊桃花底下一塊石上坐着，展開《會真記》，從頭細玩。正看到「落紅成陣」，只見一陣風過，把樹頭上桃花吹下一大半來，落的滿身滿書滿地皆是。寶玉要抖將下來，恐怕腳步踐踏了，只得兜了那花瓣，來至池邊，抖在池內。那花瓣浮在水面，飄飄蕩蕩，竟流出沁芳閘去了。回來只見地下還有許多。

　　寶玉正踟躕間，只聽背後有人說道：「你在這裏作甚麼？」寶玉一回頭，卻是林黛玉來了，肩上擔着花鋤，鋤上掛着花囊，

———————————
① 每月的中旬。

手內拿着花帚。寶玉笑道：「好，好，來把這個花掃起來，撂在那水裏。我才撂了好些在那裏呢。」林黛玉道：「撂在水裏不好。你看這裏的水乾淨，只一流出去，有人家的地方髒的臭的混倒，仍舊把花糟塌了。那畸角上我有一個花塚①，如今把他掃了，裝在這絹袋裏，拿土埋上，日久不過隨土化了，豈不乾淨。」

（第二十三回）

　　文學上講「象徵」，這一段象徵意味很明顯，相信心思再糙的讀者，也能看出來，這裏盛開的花朵，象徵的就是青春年華。

　　花朵當然美麗，可是總要凋謝的。落到地上也罷了，可是有些會隨着流水，流到骯髒的地方。好端端的花瓣，被髒的臭的東西糟蹋了。

　　曹雪芹給大觀園設計了一條清澈的小河，不如說就是時間的隱喻。因為流水和時間一樣，都是一去不復返的。園子裏的水清澈見底，好像純潔的少年。可是它必須流出去，就像你必須長大成人一樣。

　　寶玉是珍惜青春和美好的，所以他不忍踩那些花瓣，還把

_____

① 花的墳墓。

花瓣兜到水池裏。林黛玉更敏感，她眼看着花瓣的命運，卻沒有任何辦法，便把它們放在一個絹包裏埋掉。絹包裏凋謝的花瓣，當然也象徵着她自己——她不願被「髒的臭的」污染。所以，她沒有長大成人，而是在約十五、六歲的時候去世，而且是死在了這座美麗的花園裏。她給花朵建起了墳墓，而大觀園最終也成了她的墳墓。

與此同時，其他女孩也陸續離開大觀園：迎春被丈夫折磨而死，探春遠嫁，惜春出家。賈府三個女孩的名字是有含義的，意味着「三春過後諸芳盡」，春天過完了，花朵凋謝了，青春也消逝了。

大觀園裏除了賈寶玉，都是弱女子，在曹雪芹的時代，女子是很難抗爭命運的。林黛玉多病，迎春老實，惜春年幼，固然沒有力量去抗爭。探春那麼厲害，又能怎樣？而且，她們離開大觀園後，都沒有得到幸福。

《紅樓夢》寫寶玉夢遊太虛幻境的時候，喝過一種茶、一種酒，茶叫「千紅一窟」（千紅一哭），酒叫「萬豔同杯」（萬豔同悲），說的都是女性的悲劇。這個悲劇，曹雪芹看到了，經歷過了，卻無法避免，無法挽救，只能為她們哭和悲。

為甚麼説《紅樓夢》能教會我們審美？

　　《紅樓夢》教會我們很重要的一件事，就是審美。

　　老實說，我們今天的審美教育不算太成功，家長大部分精力都在關注孩子的學習成績，對衣着外貌並不在意；學校也要求學生統一着裝、整齊劃一。這當然沒有問題。但除此之外，你應該知道，不管男孩女孩，都應該懂得欣賞美、發現美。

　　大觀園裏的少男少女，自然都是美的。他們的容貌、談吐、衣着，處處美麗，時時優雅，就連丫鬟裏都有審美專家。比如薛寶釵有個貼身丫鬟叫鶯兒，手特別巧，有一次，寶玉叫她編幾個絡子。絡子是一種用線編結成的網狀袋，上面可以結成好看的圖案。鶯兒就給寶玉講起顏色搭配來：

　　鶯兒道：「汗巾子是甚麼顏色的？」寶玉道：「大紅

的。」鶯兒道：「大紅的須是黑絡子才好看的，或是石青的才壓的住顏色。」寶玉道：「松花色配甚麼？」鶯兒道：「松花配桃紅。」寶玉笑道：「這才嬌豔。再要雅淡之中帶些嬌豔。」鶯兒道：「葱綠柳黃是我最愛的。」寶玉道：「也罷了，也打一條桃紅，再打一條葱綠。」（第三十五回）

你看，鶯兒十分懂得色彩的搭配，大紅一定不能配大綠，而要用黑色、石青這種沉靜的顏色去「壓」。寶玉對她提了其他顏色的要求，比如「嬌豔」「雅淡」，她立即能懂，而且能隨口說出合適的顏色搭配。這就是審美能力。她說的這些顏色搭配，放在今天也不過時。今天很多人穿衣服品位「惡俗」，審美水平是不如鶯兒的。

鶯兒懂得色彩上的美，我們在第一節提到過林黛玉懂得欣賞殘荷，說「留得殘荷聽雨聲」，是善於發現聽覺上的美。《紅樓夢》裏還有一位特別懂得欣賞聲音的人，就是賈母。

賈母出身大家，年輕時又當過家，見識實在是一流的，審美也是一流的。

賈母有一次遊大觀園，忽然聽到隱隱傳來音樂聲，原來是賈府的戲班子在排練。賈母就叫她們進園子來，說：「就鋪排

在藕香榭的水亭子上，借着水音更好聽。回來咱們就在綴錦閣底下吃酒，又寬闊，又聽的近。」

賈母這句話一說，你就知道她的審美絕對不俗。因為中國的音樂，絕不是在屋子裏吹吹打打，每個音符都聽得真真切切才算好，而是要和大自然融為一體，才能真正發揮音樂的魅力。所以天然的水面或森林，是最好的演播廳。大詩人白居易寫過一篇《琵琶行》，「忽聞水上琵琶聲，主人忘歸客不發」；大詩人王維彈琴，也要「獨坐幽篁裏，彈琴復長嘯」。水上的琵琶聲，竹林裏的琴聲，是最美妙的音樂。

於是戲班的女孩子隔着水演奏起來，果然：

> 不一時，只聽得簫管悠揚，笙笛並發。正值風清氣爽之時，那樂聲穿林度水而來，自然使人神怡心曠。（第四十一回）

賈母會安排，要是沒人懂得聽也沒用。你看寶玉就會欣賞，聽到這種和自然界融為一體的音樂，他心曠神怡，「禁不住，拿起壺來斟了一杯，一口飲盡」。這就是高級的審美。

賈母另外一次展現她的審美才華，是在一年的中秋夜。全

家都聚在賈母旁邊賞月喝酒，賈母說：「賞月在山上最好。」就命人把宴席擺在山脊的大廳上。然後叫人吹笛子：

> 賈母因見月至中天，比先越發精彩可愛，因說：「如此好月，不可不聞笛。」因命人將十番上女孩子傳來。賈母道：「音樂多了，反失雅緻，只用吹笛的遠遠的吹起來就夠了。」（第七十六回）

「十番」是一種小樂隊，演奏時輪番用鼓、笛、木魚等十種樂器，所以叫「十番」。但是賈母一概不用，只叫人笛子獨奏。結果，演奏效果受到了一致稱讚，她自己也很得意：

> 這裏賈母仍帶眾人賞了一回桂花，又入席換暖酒來。正說着閒話，猛不防只聽那壁廂桂花樹下，嗚嗚咽咽，悠悠揚揚，吹出笛聲來。趁着這明月清風，天空地淨，真令人煩心頓解，萬慮齊除，都肅然危坐，默默相賞。聽約兩盞茶時，方才止住，大家稱讚不已。
>
> 於是遂又斟上暖酒來。賈母笑道：「果然可聽麼？」眾人笑道：「實在可聽。我們也想不到這樣，須得老太太

帶領着，我們也得開些心胸。」賈母道：「這還不大好，須得揀那曲譜越慢的吹來越好。」（第七十六回）

這段「月下聞笛」寫得極好。大家還真不是故意捧場，哄老太太開心，因為笛聲響起來之後，在遠處水邊的黛玉、湘雲也聽到了。黛玉說：「今日老太太、太太高興了，這笛子吹的有趣，倒是助咱們的興趣了。」可見對美的欣賞，這些人是共通的。

你會問，賈母這個人是不是就偏好清靜、緩慢的音樂呢？也不是。寶釵過生日的時候，請人唱戲，寶釵和王熙鳳都知道老年人喜歡熱鬧，就專點《西遊記》這種熱鬧戲，賈母一樣看得開心。

所以美有風格差異，卻無高下之別，只有場合是否合適，內容是否和諧。美的最重要的原則就是和諧。中秋賞月時，只有笛子（或洞簫）這種管樂器清幽婉轉的音色，才能配得上月夜的沉靜、清雅，「明月清風，天空地靜」。所以唐代李益《夜上受降城聞笛》說：「回樂峰前沙似雪，受降城下月如霜。」杜牧的詩也有：「二十四橋明月夜，玉人何處教吹簫。」他們都懂得和諧之美。

《紅樓夢》裏講到的審美，還有一個重要內容是園林藝術。園林可以說是中國人住宅藝術的頂峰，而《紅樓夢》裏的大觀園，又是園林藝術的頂峰。

　　書裏有一回十分著名，叫「大觀園試才題對額」，用了七、八千字來介紹賈寶玉給大觀園中的各處景觀題寫匾額、對聯的故事。這個園子是為了迎接元妃省親造的，落成後，賈政就把寶玉叫來，帶着他一起遊園，並叫他題寫各處的匾額、對聯，順便考考他的文學才能。曹雪芹藉機帶我們把這個園子整個逛了一遍：

　　　　遂命開門，只見迎面一帶翠嶂擋在前面。眾清客都道：「好山，好山！」賈政道：「非此一山，一進來園中所有之景悉入目中，則有何趣。」眾人道：「極是。非胸中大有邱壑，焉想及此。」說畢，往前一望，見白石崚嶒，或如鬼怪，或如猛獸，縱橫拱立，上面苔蘚成斑，藤蘿掩映，其中微露羊腸小徑。賈政道：「我們就從此小徑遊去，回來由那一邊出去，方可遍覽。」（第十七回）

　　門口一座小山，擋住視線，這是很高明的設計。就像賈政

說的，如果沒有這座山，一進門園中景色就都暴露在眼前，是多無趣的事！所以賈寶玉給這個地方題了一句詩，叫「曲徑通幽處」，一步步引導遊人進入園林的佳境。

園林引導遊人進入佳境，除了用山，還可以用水。我讀書的北京大學，有一個湖叫未名湖。湖面雖然不算小，但你從北大西門走進來，哪怕走到了它的邊緣，卻還是不知道湖在哪裏。因為從有水的地方開始，當年的園林師就特意設計了一條短短的小溪，旁邊種了不少樹木，擋住了你的視線。你的注意力都被淙淙溪流吸引住，就不會朝遠處看。即便抬頭看了，前方正好還有一座遮擋視線的小島。從空中看下去，未名湖很像大寫的字母「Q」。這條人工的小溪就是「Q」的尾巴。它其實沒有甚麼用處，就是起一個引導作用。告訴你，從這裏開始要有水了。當你慢慢轉到小島另一側開闊的水面時，就不覺得突兀。

寶玉在大觀園裏題了很多匾額、對聯。你去今天很多風景區，也會看到到處掛着匾額、對聯。園林如果沒有這些，總嫌光禿禿的；或者說，只有精美建築和自然風景，沒有文學和書法的點綴，也不是完美的藝術。因為風景是自然的東西，而文學和書法，是欣賞這些風景的人的感受，兩者是相得益彰，不

可或缺的。

這其實告訴了我們審美的另一個原則：美不是單方面的，必須有其他事物的配合，美才是完整的。題寫在景區的匾額、對聯，其實就是那些文人墨客代替多數人表達了感受。比如蘇州著名的拙政園，有一座臨水的小亭子，晚上獨自一人，等明月上到中天、清風吹過水面的時候，就覺得分外孤寂，而孤寂中又有一番慰藉的味道。原來這座亭子叫「與誰同坐軒」，來歷是蘇軾的兩句詞：「與誰同坐？明月清風我。」在這裏，明月、清風，彷彿都成了自己的朋友。「與誰同坐」這個名字，和蘇軾的這兩句詞，在這處風景中，是斷斷不可缺少的。因為它們說出了「我」的心情，而「我」，也成了風景的一部分。

人表達自己的感覺，當然最好用的就是語言。所以審美當然還包括語言的美。其實《紅樓夢》本身，就是最高級的漢語言藝術，裏面的詩詞歌賦，更是這門藝術的精華。這是一個專門的話題，我們會用單獨的章節來講。這裏只講八個字，就可以看出《紅樓夢》的語言藝術是多麼精妙，這八個字就是賈寶玉四個貼身丫頭的名字。

大多數賈府的丫頭，名字都是隨便取的。比如伺候賈母的鴛鴦、琥珀，伺候王夫人的金釧兒、玉釧兒，名字沒甚麼講究。

更低一等的丫頭取名就更隨便，比如小紅、五兒、四兒。但賈寶玉的四個貼身大丫頭襲人、晴雯、麝月、秋紋的名字聽上去都很美麗，而且都有文學上的來歷。

「襲人」源於陸游的一句詩：「花氣襲人知驟暖，鵲聲穿樹喜新晴。」襲人原來叫珍珠，是賈母的丫頭，給了寶玉後，寶玉根據這句詩把她的名字改成「襲人」。這個名字還讓賈政很不高興，批評寶玉不好好讀四書五經，天天看些沒用的詩詞。

「晴雯」指的是晴空的彩雲，「雯」，是有花紋的雲彩。五色祥雲叫「雯華」。明代貢修齡有詩「入春日日漾晴雯，今日逢人倍晚曛」。

「麝月」的意思就更豐富了。「麝月」也寫成「射月」，原本是女子臉上的一種妝飾。也可以指月亮，唐伯虎一首詩中說：「麝月重輪三五夜，玉人聯袂出靈娥。」也可以指一種茶，「麝」是說它像麝香一樣香，「月」是說這種茶餅像月亮一樣圓。

「秋紋」是說秋天水面上的波紋。宋代楊蟠有兩句詩：「月靜秋紋收白縠①，天橫暮色變黃銀。」寫的是秋天平靜的江面。秋天的水面是沉靜的，黛玉和湘雲中秋夜在凹晶溪館作詩，書

---

① 一種輕紗，縠（hú，粵音同「酷」）。

裏説「天上一輪皓月，池中一輪水月，上下爭輝，如置身於晶宮鮫室之內。微風一過，粼粼然池面皺碧鋪紋，真令人神清氣淨」，説的就是這種「秋紋」的美感。

這樣一來，寶玉身邊有花，有雲，有月，有水，都是大自然最美好的事物。然而又不是普通的花、雲、月、水，花是濃郁的，雲是五彩的，月是馨香的，水是波光粼粼的。

寶玉丫頭的名字多麼高明，和其他丫頭一比較就能知道。

賈環也有一個要好的丫頭彩雲，和晴雯一樣，有擔當，性格也剛直，隱隱地有與晴雯對比的味道。「彩雲」這個名字當然也不錯，但比「晴雯」差了一大截。因為「雯」不但指雲的顏色好看，還指雲的形狀美麗，兼有顏色、形狀、材質三種美感；再加上一個能讓人聯想起晴空萬里的「晴」字襯托，就更顯得明媚多姿，極有畫面感。「彩雲」就單單是彩色的雲而已了，兩個字包含的信息量，抵不上「雯」一個字，更何況還有個「晴」字。

四個丫頭，僅僅八個字，然而其中包含的韻味，卻這樣豐富多彩。這就是文字裏的美。我去一些學校講課，看到學生的花名冊，裏面很多名字其實就是兩個完全無關的字湊在一起，不由感歎：唉，這些家長怎麼不會給孩子起名字（是甚麼名字

就不說啦，省得你拿去嘲笑你們同學）！

　　我們經常說「德智體美勞」，好像「美育」的順序很靠後，其實美育是非常有必要的教育。從最低限度來說，它能讓你談吐得體，富有魅力。培養審美能力，需要訓練人觀察和體會外事外物的能力，所以它還會使你思維更加敏銳，觀察更加細緻。更關鍵的是，它還會使人變得高貴，遠離粗鄙；使你心靈柔和溫暖，更愛身邊的世界。《紅樓夢》，就是這樣一部難得的美育教材。

為甚麼賈府裏有那麼多家庭禮節？

　　《紅樓夢》裏有非常多的禮儀，見人怎麼行禮，吃飯怎麼排座位，晚輩見了長輩怎麼回話，都有一套一套的規矩。這就是傳統的禮儀文化，是約束古人日常行為的一系列法則。

　　為甚麼要有這些法則呢？

　　首先，一個社會的正常運轉，必須有一定的規則。法律就是成文的硬性的規定，但是光靠法律遠遠不夠，文明和諧的社會，還需要用禮儀的規則來維護。

　　其次，更重要的一點是，每個人都必須尊重別人，也都需要被人尊重。禮儀就是規定了你有受別人尊重的權利，也規定了你有尊重別人的義務。

　　中國古代禮儀最根本的遵循是甚麼呢？就是人的身份。先不說社會身份，就以一個人的家庭身份為例。現代生活中，人

口眾多的大家庭日漸消失，人的身份已經沒那麼複雜了。可在《紅樓夢》裏，人們生活在一個複雜的家族裏，每個人的身份都多得數不清。

你要是賈寶玉的話，想一想，你有多少個身份：

一、面對賈母是孫子。

二、面對賈政、王夫人是兒子。

三、面對賈赦是姪子。

四、面對賈環是哥哥（異母兄弟）。

五、面對賈蘭是叔叔。

六、面對李紈是小叔子（李紈是寶玉親哥哥賈珠的妻子）。

七、面對賈璉是堂弟。

八、面對黛玉是舅表哥（黛玉管寶玉的父親叫舅舅）。

九、面對寶釵是姨表弟（寶釵管寶玉的母親叫姨媽）。

十、面對賈代儒是遠房堂姪孫和學生。

十一、面對襲人、晴雯是主子。

十二、面對賈芸是乾爹。

十三、面對元妃是弟弟。

⋯⋯⋯⋯⋯

禮儀規則就是根據人物的身份制定的行為規範。在大家族裏，每一個身份，都有一套相應的禮儀。但你也不用覺得亂，基本原則只有四個：「尊卑」「長幼」「男女」「主客」。要求人們做到「尊卑有法」「長幼有序」「男女有別」「主客有體」。

　　甚麼叫「尊卑有法」呢？只要看元妃省親就知道了。

　　元春是賈政的女兒，卻是皇帝的貴妃。她元宵節回家探親，賈政來到女兒面前，反倒跪在下面，自稱「臣」。兩人是這樣對話的：

> 　　又有賈政至簾外問安，賈妃垂簾行參等事。又隔簾含淚謂其父曰：「田舍之家，雖齏鹽布帛①，終能聚天倫之樂；今雖富貴已極，骨肉各方，然終無意趣！」賈政亦含淚啟道：「臣，草莽寒門，鳩群鴉屬之中，豈意得徵鳳鸞之瑞。今貴人上錫天恩，下昭祖德，此皆山川日月之精奇、祖宗之遠德鍾於一人，幸及政夫婦。且今上啟天地生物之大德，垂古今未有之曠恩，雖肝腦塗地，臣子豈能得報於萬一！……」（第十八回）

————————

① 指生活清苦。

父親要給女兒磕頭，對女兒也不敢喊她名字，而是一口一個「貴人」，「雖肝腦塗地，臣子豈能得報於萬一」。這是為甚麼呢？因為元春雖然是女兒，代表的卻是君王的皇權；賈政雖然是父親，對於君王來說卻是臣子。君尊臣卑，所以是父親向女兒叩拜，口口聲聲自稱「臣」。這就是尊卑的禮法。

賈府裏雖然有四、五百人，但大部分是僕人。僕人見了主子，不能隨便說話；主子吃飯，僕人必須在旁邊站着。而且僕人之間，也分三六九等。比如伺候寶玉的襲人、晴雯等大丫頭，等級最高，甚至可以和寶玉開開玩笑，而她們下面還有許多小丫頭，是不能進寶玉的臥室的。小丫頭下面，還有許多婆子，她們連寶玉的房門都不能進。芳官有個乾娘，寶玉吃飯時，看湯太燙，要獻殷勤，跑到裏間來給寶玉吹湯：

晴雯忙喊：「出去！你讓他砸了碗，也輪不到你吹。你甚麼空兒跑到這裏楠子來了？還不出去！」一面又罵小丫頭們：「瞎了心的，他不知道，你們也不說給他！」小丫頭們都說：「我們攆他，他不出去；說他，他又不信。如今帶累我們受氣，你可信了？我們到的地方兒，有你到的一半，還有你一半到不去的呢。何況又跑到我們到不去

的地方還不算，又去伸手動嘴的了。」一面說，一面推他出去。階下幾個等空盒家伙的婆子見他出來，都笑道：「嫂子也沒用鏡子照一照，就進去了。」羞的那婆子又恨又氣，只得忍耐下去。（第五十八回）

可見這些小丫頭、婆子都知道府裏的尊卑規矩，所以才會嘲笑芳官的乾娘。

甚麼叫「長幼有序」呢？書裏有一個賈蘭見賈寶玉的故事：

只見那邊山坡上兩隻小鹿箭也似的跑來，寶玉不解其意，正自納悶，只見賈蘭在後面拿着一張小弓追了下來，一見寶玉在前面，便站住了，笑道：「二叔叔在家裏呢，我只當出門去了。」寶玉道：「你又淘氣了。好好的射他作甚麼？」賈蘭笑道：「這會子不唸書，閒着作甚麼？所以演習演習騎射。」寶玉道：「把牙栽了，那時才不演呢。」（第二十六回）

這時的寶玉不過十二、三歲，賈蘭是他的親姪子，所以見了寶玉一定要站住，不能大大咧咧地跑過去。而寶玉教訓賈

蘭，就得拿出一副長輩的口氣。他自己還天天淘氣呢，反倒教訓賈蘭不要淘氣。

西方人哥哥和弟弟都叫 brother，姐姐和妹妹都叫 sister，平輩人甚至不同輩分的人可以互相喊名字。但是中國人不一樣，平輩人也得講究「長幼有序」。哥哥、姐姐比弟弟、妹妹身份高，所以有一次寶玉去賈政屋裏，是這樣一個場景：

> 寶玉只得挨進門去。原來賈政和王夫人都在裏間呢。趙姨娘打起簾子，寶玉躬身進去。只見賈政和王夫人對面坐在炕上說話，地下一溜椅子，迎春、探春、惜春、賈環四個人都坐在那裏。一見他進來，惟有探春和惜春、賈環站了起來。（第二十三回）

迎春是個性格很懦弱的人，但這四個人中，反倒是她沒有站起來。寶玉進屋，三妹探春、四妹惜春和弟弟賈環都必須站起來，表示對哥哥的尊重。而迎春則不必站，因為她是姐姐，身份比寶玉高。

所以寶玉可以這樣嚴厲地教訓賈環：

寶玉道：「大正月裏哭甚麼？這裏不好，你別處頑去。你天天唸書，倒唸糊塗了。比如這件東西不好，橫豎那一件好，就棄了這件取那個。難道你守着這個東西哭一會子就好了不成？你原是來取樂頑的，既不能取樂，就往別處去尋樂頑去。哭一會子，難道算取樂頑了不成？倒招自己煩惱，不如快去為是。」賈環聽了，只得回來。（第二十回）

但是，迎春性格再懦弱，寶玉也絕不可以用這樣的口氣教訓她。同理，王熙鳳可以用很嚴厲的口氣教訓「寶兄弟」和「環兄弟」，但是不可以用同樣的口氣教訓「大哥哥」賈珍。不管家族中誰有實權，誰受偏愛，形式上也得保持「長幼有序」的準測，否則就要被人說「不守禮」。

「長幼有序」還包括不同輩分間。比如賈芸，出場的時候十八歲，寶玉大概十四、五歲。但賈芸是「草」字輩，寶玉是「玉」字輩，賈芸得管寶玉叫叔叔。所以是賈芸向寶玉請安，而不是寶玉向賈芸請安。寶玉這種年紀雖然小，卻因為輩分高受尊重的現象，在今天的農村還很常見。

「長幼有序」中還有一條重要原則，就是「尊老愛幼」，賈

府未成年的孩子，反倒比成年人更受優待。

甚麼叫「男女有別」呢？在《紅樓夢》的時代，男人和女人是必須保持距離的。有一次賈母過生日：

> 首席便是薛姨媽，下邊兩溜皆順着房頭輩數下去。簾外兩廊都是族中男客，也依次而坐。先是那女客一起一起行禮，後方是男客行禮。（第七十一回）

男女座席是區分開的。而且賈府是貴族，貴族的女性，更不能隨便拋頭露面，甚至不能被外面的普通老百姓看見。所以賈母帶着府裏的太太、姑娘們去一座道觀裏拜神，早早地就派人把觀裏的道士都趕了出去。有一個十二、三歲的小道士來不及跑，還挨了打。

另外，《紅樓夢》還有一個特殊的地方，就是曹雪芹是清代人，清代是滿族建立的政權，所以《紅樓夢》裏保留了不少滿族風俗。滿族沒出嫁的女孩地位十分尊貴，所以書中中秋節夜宴時，有這樣一個細節：本來賈璉、寶玉等年輕男性都坐好了，忽然賈母說請姐妹們也出來，於是：

令人向圍屏後邢夫人等席上將迎春、探春、惜春三個請出來。賈璉寶玉等一齊出坐，先盡他姊妹坐了，然後在下方依次坐定。（第七十五回）

哥哥弟弟必須讓位給姐姐妹妹，有些學者認為，這體現了滿族（或受滿族風俗影響的漢人貴族）的風俗。而且，當寶玉跟姐姐妹妹一起入座時，他通常會坐在眾女孩的最後面。

甚麼叫「主客有體」呢？剛才說的這些規矩，都是在家族內部要遵守的。如果來了客人，就需要對客人表示額外的尊重，這樣主人和客人都有體面。

比如說，薛寶釵的母親薛姨媽來到賈府，就是客人。她是王夫人的親妹妹，比賈母小一輩，但吃飯的時候是這樣的：

於是鳳姐放了四雙（筷子）：上面兩雙是賈母薛姨媽，兩邊是薛寶釵史湘雲的。王夫人、李宮裁①等都站在地下看着放菜。（第三十五回）

根據「長幼有序」的原則，吃飯時薛姨媽應該和王夫人在

---

① 李宮裁即李紈。

一起，不應該和賈母平起平坐。但是薛姨媽在賈府是客人，代表的是薛氏家族。「主」與「客」，地位是平等的。所以無論薛姨媽年紀大小，都有資格和賈母並排坐。這是對客人的尊重。王夫人是賈母的兒媳婦，所以反而站着照顧大家吃飯。李紈是孫媳婦，更該站着。

你可能會問，這些禮儀這麼麻煩，不守行不行？不可以，因為那就會被人說「不守禮」。「不守禮」並不是簡單的不講禮貌，被教訓幾句的問題，在大家族中，「不守禮」意味着無法生存。你可能會被孤立、剋扣月錢、沒有事派給你幹，甚至被趕出家族，失去生活來源。如果是在元春娘娘面前失禮，就是對她背後的皇權不敬，沒準兒會招來滅門大禍。

所以，在《紅樓夢》的世界裏，每個人都得在「尊卑」「長幼」「男女」「主客」四套標準定出的框架裏找到自己的位置。如果標準之間發生衝突，就需要比較兩種標準孰輕孰重。

比如說，按照「尊卑」的標準，主子和僕人不能平起平坐，但是《紅樓夢》也有這麼一段：

　　　賈母忙命拿幾個小杌子來，給賴大母親等幾個年高有體面的媽媽坐了。賈府風俗，年高伏侍過父母的家人，

比年輕的主子還有體面。所以尤氏鳳姐兒[1]等只管地下站着，那賴大的母親等三四個老媽媽[2]告個罪，都坐在小杌子上了。（第四十三回）

　　為甚麼這幾個老僕人可以坐，尤氏鳳姐反倒站着呢？因為這些老媽媽雖然在「尊卑」的標準下是「卑」的，在「長幼」的標準下卻是「長」的。再加上賈府有「尊老愛幼」的原則，「長幼」的重要性大過了「尊卑」的重要性。所以她們當時的地位反倒比鳳姐等年輕主子高了。

　　我們可以看一個賈府用餐的座次表，就知道這些不同的標準綜合使用起來是甚麼樣子的。

　　有一次，賈府開了一次螃蟹宴，大家聚在一起吃螃蟹。座次是這樣的：

　　　　說着，一齊進入亭子，獻過茶，鳳姐忙着搭桌子，要杯箸。上面一桌，賈母、薛姨媽、寶釵、黛玉、寶玉；東邊一桌，史湘雲、王夫人、迎、探、惜；西邊靠門一桌，

---

① 她們都是賈母的孫媳婦。
② 她們都是伺候過賈母這一輩的僕人。

李紈和鳳姐的，虛設坐位，二人皆不敢坐，只在賈母王夫
人兩桌上伺候。（第三十八回）

這裏面，正面（上面，北邊）是最尊貴的。再次是東邊，
其次是西邊。古代人面南背北，東邊的位置比西邊尊貴。所以
現在租房時，還要管房主叫「房東」。

王夫人是賈母的兒媳婦，當然不能和賈母並排坐，所以她
雖然和薛姨媽是親姐妹，卻只能次一等，坐在東邊一桌。

另外，如果賈母不命令她坐，她是不能坐的。但因為她已
經快五十歲，所以並沒有那麼嚴格。所以在她身上也可以使用
一點「尊老愛幼」的標準。

王熙鳳和李紈都是賈母的孫媳婦。她們雖然在丫鬟面前是
主子，但在賈母面前必須要伺候着。所以賈母擺宴席，這兩個
人永遠是不敢落座的，要伺候賈母和王夫人吃飯。但因為她們
是主子，所以還要「虛設坐位」，在西邊靠門一桌保留她們的
席位，否則就和丫鬟僕人沒有區別了。

寶玉、黛玉、迎春、探春、惜春等人，年紀比王熙鳳、李
紈小，為甚麼又可以入座呢？是因為他們還沒有結婚，都是小
孩子，不需要負擔家庭的責任，適用「尊老愛幼」的原則。所

以，剛才我們排的，其實是成年人的座位，現在還得排一遍孩子的座位。

按理說，這幾個孩子是平等的，都可以在東邊坐一桌。但寶玉是賈母最心肝寶貝的孩子，所以會帶他在身邊。黛玉、寶釵和湘雲，都是賈府的客人，但黛玉也是賈母的心頭肉，而且和寶玉要好，寶釵是貴客薛姨媽的孩子，所以這兩位要格外尊重。寶、黛、釵坐主位，是沾了主位兩個成年人的光。而迎、探、惜三姐妹，既比「心頭肉」差一等，又是「自家人」，所以只能坐次一等的東邊。

史湘雲在這次宴會上比較特殊，按理說她是末嫁女孩，又是客人，可以和賈母坐同桌，但這次宴會是她張羅的，是名義上的東道主，所以她需要承擔一部分「成年人」的任務。因此她的地位自動降了一格，坐在和王夫人並列的東桌。所以下面說「史湘雲陪着吃了一個，就下座來讓人，又出至外頭，令人盛兩盤子與趙姨娘周姨娘送去」，她需要獨立做一些服務性工作。如果她跟賈母在一起，那就是受優待、寵愛的身份，而不再是「做東」的身份了。

總的來說，孩子們的座次不像成年人那麼嚴格，但也會分「長幼」「主客」「男女」：

一、 迎、探、惜一定會按長幼次序坐在一起，而且永遠不會和賈母同席。

二、 如果迎、探、惜和釵、黛、湘坐一起，一定是釵、黛、湘三個女孩坐前面，因為自家人需要尊重外來的客人。

三、 雖然寶玉比迎春小，比探春大，但他是男孩，他要麼特別受寵，跟着賈母，座次比三個姐妹高；要麼服從尊重未嫁女孩的原則，座次比三個女孩低。但永遠不會插在三個姐妹中間。所以書中從沒有迎、寶、探、惜次第的坐法。

所有的僕人都在外面吃，不能到屋裏來，這就是「尊卑」的原則。但僕人間也有「尊卑」的區別，如鴛鴦、琥珀、彩霞、彩雲、平兒，這幾位要麼是賈母、王夫人的心腹，要麼是王熙鳳的助手，都是等級最高的丫頭，所以可以坐在走廊裏的桌子上吃。再低一等的僕人，就沒資格坐桌子了，而是「山坡桂樹底下鋪下兩條花氈，命答應的婆子並小丫頭等也都坐了」。這一場螃蟹宴，就把剛才提到的禮儀的四個標準都體現出來了。

在大家族裏，禮儀幾乎是每個孩子從小的必修課。當他和別人交往的時候，一定會考慮這幾個問題：

對方是男是女？（區分「男女」）

　　對方身份比我高還是低？（區分「尊卑」）

　　對方年紀比我大還是小？輩分比我高還是低？（區分「長幼」）

　　對方是不是來做客的？我要不要以主人的身份招待他？（區分「主客」）

　　這些問題，在過去大家族的孩子那裏，就像今天的孩子背乘法口訣一樣，是要天天練習的。久而久之，就會十分熟練，見了不同的人，自然就會使用不同的禮儀對待他。

　　那麼，把禮儀搞得這麼複雜，到底好不好呢？

　　首先，當然是有好處的。大家族人口眾多，關係複雜，維繫日常秩序必須靠大家公認的規矩，這就是禮儀。「守禮」這件事在大家族中是一種自覺行為，如果長輩不懂得，那就是「不自重」；晚輩要是不懂，那就是「失禮」。這個共同的秩序如果破壞了，整個大家族就亂套了。

　　但是，這種複雜的禮儀，越到現代社會越不適用。比如說元春見賈政那段故事，元妃當了貴妃，父親就成了臣子，要對女兒三跪九叩，這是違背人性的。古代的君臣之禮，現在都不

存在了。男女之別也是古代社會的特點，現在也沒有那麼多限制了。

現代人講究人格平等，即便是你請人來為你服務，你們之間也是平等的買賣關係，一方出售服務，一方花錢購買，而不是主僕。

現代人的家庭也越來越小。你想想，如果你父母都是獨生子女，你很可能沒有叔叔、伯伯、姑姑、舅舅；即便有，也都是自己過自己的日子，不住在一起。靠輩分、年齡建立的長幼秩序就顯得不那麼重要了。

但是，古代繁瑣的禮儀形式雖然消失了，禮儀的精神卻沒有過時。比如你邀請客人，進電梯的時候一定要請他先走；反之你去他家，他也要這樣，大家吃飯，地位高的、年紀大的，以及貴客坐正中，其餘人依次在旁邊落座……今天這些行為雖然已經脫離了封建社會的禮法，卻仍然保留了「禮」的精神，每個人都要遵守。

为甚麼《紅樓夢》要從神話寫起？

你一定聽說過，《紅樓夢》是一部偉大的現實主義著作。但是你翻開《紅樓夢》第一回，卻感覺好像不是那麼回事。

原來，第一回給我們講了一個神話故事：

話說女媧煉石補天，在大荒山無稽崖煉成了三萬六千五百零一塊石頭，都是高十二丈，周長二十四丈。女媧只用了三萬六千五百塊，剩下一塊沒有用，就丟在這座山的青埂峰下。哪知道這塊石頭經過修煉，有了靈性。見其他石頭都被拿去補天，自己是塊廢材，就每天傷心歎氣，十分慚愧。

有一天，它正在悲歎，忽然看見一個和尚、一個道士遠遠地走來，兩位都仙風道骨，氣質不凡。兩人來到青埂峰下，就坐在石頭邊高談闊論起來。原來這是兩位神仙，和尚叫茫茫

《太虛幻境》

大士，道士叫渺渺真人。這塊石頭聽見他們講到人間的榮華富貴，動了凡心，就對兩位神仙說：「二位大師，可不可以帶我去紅塵中享受幾年？」二人聽了笑道：「紅塵中雖然快樂，卻不能永遠保持。瞬息之間樂極生悲，終究是到頭一夢，不如不去的好——也罷，你既然苦苦哀求，就帶你下去看看好了。」石頭千恩萬謝。茫茫大士就施展法術，把一方大石變成了一塊晶瑩的美玉，名叫「通靈寶玉」，便與渺渺真人飄然而去。

後來，又不知過了多少年代，有個空空道人訪道求仙，有一天，從大荒山無稽崖青埂峰下經過，忽然看到峰下立着一塊大石頭，石頭上密密麻麻寫滿了字。他仔細一看，原來就是那塊被丟棄的補天石。石頭上的字跡，記錄的就是它下凡後的經歷。空空道人把它抄了下來，流傳於世。

這塊大石，就是賈寶玉出生時銜着的那塊「通靈寶玉」了。除此，書中又講了兩個故事，一個叫「木石前盟」，一個叫「金玉良緣」。

「木石前盟」，是說西方靈河岸上，有一棵絳珠仙草。神瑛侍者每天用甘露澆灌仙草，於是這棵仙草長得很好。後來它受了日精月華，脫去了草木原形，修煉成一位仙女，名叫絳珠仙

子。她一心想報答神瑛侍者澆水的恩情，誰知神瑛侍者下凡投胎，就是賈寶玉，於是絳珠仙子說：「既然這樣，我也下凡投胎，把我一生所有的眼淚還他，就算報過澆灌的恩情了。」於是她也下凡，就是林黛玉。所以林黛玉一生愛哭，這就是用眼淚來還賈寶玉的澆灌之情。「木」自然指絳珠仙草，「石」自然指神瑛侍者。

「金玉良緣」，是說賈寶玉出生時，嘴裏就銜着一塊美玉，這就是那塊仙石的化身。哪知道薛寶釵脖子上有一個漂亮的金項圈，是小時候家人給打造的。一金一玉，正好是非常吉祥的一對。更神奇的是，薛寶釵小時候，遇到過一個癩頭和尚（即茫茫大士，攜帶仙石下凡的神仙之一）。癩頭和尚叫薛家在項圈上刻上八個字：「不離不棄，芳齡永繼。」而賈寶玉銜的那塊玉上也有天然的八個字：「莫失莫忘，仙壽恆昌。」這兩句話也正好湊成一副工整的對聯。大家都覺得很奇妙，覺得這一定是兩人必成姻緣的兆頭。

《紅樓夢》裏的神話故事還不只這些，第五回「夢遊太虛幻境」也是一篇完完全全的神話故事。

故事說，賈寶玉來到寧國府看望秦可卿，不料在她房間裏

睡着了。夢中飄飄忽忽，來到一處仙境，叫「太虛幻境」，遇到一位仙女，叫「警幻仙姑」。警幻仙姑帶他進入幻境中，原來裏面有許多房間，每個房間裏都存着許多冊子，上面記錄着天下所有女子的命運。寶玉就進了一間叫「薄命司」的房子裏，裏面十幾個大櫥櫃，寫着各省的地名。寶玉打開了自己家鄉的櫥櫃，發現裏面有「金陵十二釵正冊」「金陵十二釵副冊」「金陵十二釵又副冊」。每本冊子的每一頁，都畫着一幅畫，題着一首詩。比如「副冊」的第一頁，畫着一株桂花，下面有一個池塘，池水已經乾了，裏面的荷花已經枯萎。旁邊的詩是：

> 根並荷花一莖香，平生遭際實堪傷。
> 自從兩地生孤木，致使香魂返故鄉。（第五回）

「正冊」第一頁，畫着兩株枯木，木上懸着一條玉帶。樹下畫着一堆雪，雪下有一支金簪。旁邊的詩是：

> 可歎停機德，堪憐詠絮才。
> 玉帶林中掛，金簪雪裏埋。（第五回）

寶玉把「金陵十二釵正冊」翻完了，仍然不懂。警幻仙姑就把他帶了出來，讓眾仙女給他演唱了《紅樓夢》曲十二支。其中有《終身誤》《枉凝眉》《分骨肉》《聰明累》等。曲子如泣如訴，似乎都暗含着一些人的命運。

你可能已經知道，這「金陵十二釵正冊」「副冊」「又副冊」，其實記錄的是賈府不同等級女子的命運。「又副冊」開頭兩個，一個是晴雯，一個是襲人。「副冊」第一頁，指的是香菱。她原名甄英蓮，所以池塘裏畫的是一朵蓮花。蓮花枯萎，旁邊有桂樹，暗示着她將做薛蟠的妾，並被薛蟠的妻子夏金桂折磨致死。所以判詞中「兩地生孤木」，孤木（「木」字旁）和兩地（兩個「土」），正好組成「桂」字。

「正冊」也是這樣，第一頁指林黛玉和薛寶釵。畫上兩株枯木就是「林」字，「玉帶」倒過來諧音就是「黛玉」。雪就是「薛」，金簪就是「寶釵」。接下來依次是元春、探春、湘雲、妙玉、迎春、惜春、王熙鳳、巧姐、李紈、秦可卿。每個人都配有一幅畫和一首判詞（大部分判詞我們以後會依次提到）。至於《紅樓夢》曲十二支，作用和「正冊」相同，每首曲子寫一個人，也是通過曲詞來預示眾女子的命運。

那麼，為甚麼非常現實的《紅樓夢》裏，反而插入了這麼

多神話故事呢？

原因有很多。首先，《紅樓夢》畢竟是一部古代小說，古代小說經常用一些神仙下凡的故事來吸引讀者，主角往往有不尋常的來歷，作者用來表示「我這個故事不簡單」。比如《水滸傳》裏的梁山一百單八將，是天上一百零八位星神下凡；《說岳全傳》裏的岳飛，是如來佛前大鵬金翅鳥下凡；《鏡花緣》裏的眾才女，是天上眾花神下凡。

而且當時的人們，也確實相信傑出的人物都是天上的神仙下凡。就連《儒林外史》裏的儒生們，也都被說成是星宿下凡。范進的岳父胡屠戶認為中了舉人的人，都是天上的文曲星下凡。

但是這種神仙下凡的故事，往往顯得庸俗不堪，還經常宣揚迷信的因果報應。比如《說岳全傳》說秦檜前生是一條妖龍，被大鵬啄瞎了眼睛，陷害岳飛純粹是為了報仇。

《紅樓夢》雖然也是這種神仙下凡的套路，但完全不庸俗。因為曹雪芹很巧妙地使用了神話的重要功能——象徵。

神話故事裏的人物、物品，往往都是象徵。比如精衞填海，其實象徵着人們戰勝自然的意志。月中的玉兔和蟾蜍，都象徵着人們對長生不死的追求。女媧補天剩下的石頭，其實也是一種象徵。因為

91

賈寶玉很大程度上是曹雪芹自己，那麼這塊石頭是女媧補天丟棄的，也象徵着曹雪芹對自己的評價：或許是自嘲，或許是懺悔，或許是自傲。總之，他是以一塊對社會無用的「廢材」自居了。

另外，這塊石頭還有一個作用，它縮小成一塊通靈寶玉，賈寶玉把它掛在脖子上，它就得以把經歷的各種事情記錄下來，整部《紅樓夢》的故事來源，就有了一個合理的解釋。而且，它既然和寶玉本人是息息相通的，就會經常在故事裏充當一個象徵性的物件，比如寶玉一生氣，就會摔它。寶玉初見黛玉，聽說林黛玉沒有玉就發作了一回，把玉摔了：

> 寶玉聽了，登時發作起痴狂病來，摘下那玉，就狠命摔去，罵道：「甚麼罕物，連人之高低不擇，還說『通靈』不『通靈』呢！我也不要這勞什子了！」嚇的眾人一擁爭去拾玉。賈母急的摟了寶玉道：「孽障！你生氣，要打罵人容易，何苦摔那命根子！」（第三回）

這個從石頭變成玉的神奇故事，可以說編得巧妙極了。這塊玉，既被賈府視為賈寶玉的生命，也被賈寶玉視為一種負擔。他銜玉而生，與眾不同，受到格外的優待，所有人都以為他是賈府的未來。這給他帶來了無限的照顧，卻也帶來了巨大

的負擔。不要說來自家族要求他出人頭地的壓力，他的婚姻大事，也受到種種阻絆。因為有了「玉」，自然最好要用「金」來配，所以「金玉良緣」的壓力，也壓到了賈寶玉身上。

但這塊「通靈寶玉」本質上不是玉，而是補天丟棄的石頭。所以賈寶玉哪怕已下界為凡人，也會時時模糊記起自己的「本來面目」：他不是甚麼美玉，只是一塊廢材石頭。他本來和這個塵世半點關係都沒有，唯一牽掛的，就是「木石前盟」。「木」就是那株他曾經呵護過、澆灌過的絳珠仙草，也就是林黛玉。所以他幾次摔玉，都是面對着林妹妹。他不想做甚麼閃閃發光的「通靈寶玉」，而是要回到「頑石」的單純、本真中去。

第五回賈寶玉夢遊太虛幻境時，看到了眾女子的判詞，無疑也是一種命運預言。你如果看過我的《為孩子解讀〈三國演義〉》，就知道很多文學名著中都有這種神話般的「命運預言」。諸葛亮出山前，被司馬徽判定「雖得其主，不得其時」，於是諸葛亮的悲劇命運已經注定，無論他如何抗爭，都無法擺脫這句「雖得其主，不得其時」的魔咒。還有注定殺父娶母的古希臘悲劇《俄狄浦斯王》；注定被非婦人所生的人殺死的莎士比亞悲劇《麥克白》；甚至在《哈利·波特》裏，一個在七月份出生的

男孩會成為伏地魔最大的對手，也成了伏地魔的悲劇預言。

《紅樓夢》也是這樣，而且它的「命運預言」做得更系統、更宏偉。它們位於神仙世界「太虛幻境」中，還被分配了「薄命司」這樣專門的管理機構，從「金陵十二釵又副冊」到「金陵十二釵副冊」，再到「金陵十二釵正冊」，丫頭、侍妾、主人一應俱全，形式上也是詩、書、畫兼有；還有額外點題的《紅樓夢》曲。於是，她們的不幸結局早就被作者「劇透」給我們，我們只是跟着作者，看她們如何一個個走向悲慘的境地。這種巨大的悲劇感，真的使我們無可奈何又刻骨銘心。然而曹雪芹早就為我們準備好了形容這種悲劇的詞彙，那就是太虛幻境裏眾女子眼淚釀成的「萬豔同杯（悲）」酒，以及用眾女子的哀傷製成的「千紅一窟（哭）」茶！

賈寶玉是一個甚麼樣的人？

賈寶玉是《紅樓夢》裏的男一號。自從《紅樓夢》問世以來，圍繞着這個男一號，不知有多少學者，費了多少心思進行研究。這本小書當然不能把賈寶玉所有的事情講清楚，而是講講我對賈寶玉的理解和看法。

或許你還沒有通讀過《紅樓夢》，不太熟悉賈寶玉是個甚麼樣的人。不過，沒有關係，你一定熟悉孫悟空。

你可能會問，賈寶玉和孫悟空有甚麼關係呢？還別說，他倆真有一樣的地方。

首先，他們都和石頭有關。孫悟空是從花果山上一塊石頭裏蹦出來的；賈寶玉是大荒山無稽崖女媧補天剩下的一塊石頭下凡的，他出生時嘴裏銜着的那塊玉，就是那塊石頭縮小後的樣子。這塊玉他是一天都不能離身的。

其次，他們骨子裏都很叛逆。孫悟空一出世就下龍宮、闖地府、大鬧天宮，是個「惹禍的妖猴」；賈寶玉也是賈府的「孽根禍胎」，經常做出一些離經叛道的事情。

再次，他們都才能出眾，相貌俊美。賈寶玉外貌出眾自不必說，孫悟空雖然是一隻猴子，但外形是很俊美的，要不怎麼叫「美猴王」呢？

所以你看，經典的央視 1987 年版電視劇《紅樓夢》，片頭是一座高山的山頂上，立着一塊巨大的石頭——我小時候看到這裏時總會疑惑：這是演《紅樓夢》，還是演《西遊記》？

你發現沒有，石頭是大自然最原始的東西之一。山上是石頭，海底是石頭，甚至月亮上、火星上，也都是石頭。流星經過長長的太空旅行，墜落到地面，也是石頭。種莊稼的土壤，是岩石風化形成的粉末；城市的樓房，是用石料做成的水泥修建的⋯⋯所以，在人們心目中，石頭有一種最原始、最天然的特性。孫悟空和賈寶玉既然都是從石頭來的，當然有石頭的特性，那就是一種沒有沾染過社會習氣的天真、天然。

你如果看過我的小書《為孩子解讀〈西遊記〉》，就會知道孫悟空其實是一隻天真的猴子，他上了天庭大大咧咧，絲毫不懂禮法；他偷蟠桃、打妖怪，多半也是因為好玩。同理，賈寶

玉骨子裏第一個特性，其實也不是叛逆，而是天真。

賈寶玉的天真，和孫悟空調皮搗蛋、我行我素還不太一樣，賈寶玉的天真最突出的表現是情真。

比如書裏有一段，叫「白玉釧親嚐蓮葉羹」。一個叫玉釧兒的丫頭，給賈寶玉送一碗名叫蓮葉羹的湯，哪知道出了一個小小的事故：

> 寶玉又只顧和婆子說話，一面吃飯，一面伸手去要湯。兩個人的眼睛都看着人，不想伸猛了手，便將碗碰翻，將湯潑了寶玉手上。玉釧兒倒不曾燙着，唬了一跳，忙笑了，「這是怎麼說！」慌的丫頭們忙上來接碗。寶玉自己燙了手倒不覺的，卻只管問玉釧兒：「燙了那裏了？疼不疼？」玉釧兒和眾人都笑了。玉釧兒道：「你自己燙了，只管問我。」寶玉聽說，方覺自己燙了。（第三十五回）

這段是《紅樓夢》裏著名的故事。按說一個人被燙到了，應激反應就是縮手、喊疼；而且寶玉是主子，玉釧兒是僕人，更沒有主人安慰僕人的道理。然而，正因為出於本能，才更能

顯出寶玉本性中的純真，他對人的真情，是發自內心的。

然而這件事卻被周邊人當成了笑柄。旁觀的兩個婆子出來後，就談論起賈寶玉平日的性格來：

那兩個婆子見沒人了，一行走，一行談論。這一個笑道：「怪道有人說他家寶玉是外像好裏頭糊塗，中看不中吃的，果然有些呆氣。他自己燙了手，倒問人疼不疼，這可不是個呆子？」那一個又笑道：「我前一回來，聽見他家裏許多人抱怨，千真萬真的有些呆氣。大雨淋的水雞似的，他反告訴別人『下雨了，快避雨去罷』。你說可笑不可笑？時常沒人在跟前，就自哭自笑的；看見燕子，就和燕子說話；河裏看見了魚，就和魚說話；見了星星月亮，不是長吁短歎，就是咭咭噥噥的。且是連一點剛性也沒有，連那些毛丫頭的氣都受的。愛惜東西，連個線頭兒都是好的；糟踏起來，那怕值千值萬的都不管了。」

（第三十五回）

兩個婆子說的「下雨」是另一件事。有一個學戲的小姑娘齡官，她的心上人是賈薔。有一天，她蹲在地上痴痴地寫

「薔」字，寫了一個又一個。正好寶玉經過這裏，不由得看得呆了。哪知道夏天的天氣變得快，突然下起雨來。寶玉渾身淋得像落湯雞似的，卻一點都沒覺得，還對女孩大聲喊道：「快別寫啦！你看你衣裳都濕了！」

但是，寶玉的這種真性情，似乎並不被人理解。比如覺得他「呆氣」「可笑」「連那些毛丫頭的氣都受的」。這兩個婆子其實代表了社會上一種強大的態度：你應該成熟穩重，在僕人面前要像個主子，真情不能隨便外露，即使沒有也無所謂。

所以寶玉是很孤獨的，幾乎沒有人能懂他。他身邊的人都從世俗的角度去評價他、要求他，一個「美玉無瑕」的純真少年，卻被所有人當成痴呆。很顯然，他的「瘋傻痴病」也不符合賈府繼承人的要求。所以脂硯齋（《紅樓夢》的一個點評者）在婆子對話的後面有一段批語：

> 寶玉之為人，非此一論，亦描寫不盡。寶玉之不肖，非此一鄙，亦形容不到。試問作者是醜寶玉乎？是讚寶玉乎？試問觀者是喜寶玉乎？是惡寶玉乎？

是呀，曹雪芹是讚美寶玉呢，還是醜化寶玉呢？我們讀者

是該喜歡寶玉呢，還是該討厭寶玉呢？似乎都說得通。這就是矛盾，甚至是沒法解決的矛盾。一個人展現真情，保持天真，當然是可貴的；但是把他放到貴族家庭的大環境中，卻又是令人失望的。這個問題沒有正確答案，只能看你站在甚麼立場。而《紅樓夢》巨大的文學魅力，正在這根本無法解決的難題中。

所以，曹雪芹給了賈寶玉一個巧妙的設定，他是補天石，是美玉，但這塊補天石，又是女媧剩下不要的。也就是說，他雖然充滿真情，但對當時的社會，對他的貴族家庭，並沒有甚麼用處。曹雪芹對賈寶玉的態度，是既讚賞又嚴苛。他不但借別人的嘴說他「瘋傻」「痴呆」，甚至在寶玉一出場的時候，就給他配了兩首《西江月》詞，詞中對寶玉的評價，相當於曹雪芹的態度，其實是很耐人尋味的：

　　無故尋愁覓恨，有時似傻如狂。縱然生得好皮囊，腹內原來草莽。潦倒不通世務，愚頑怕讀文章。行為偏僻性乖張，那管世人誹謗！

　　富貴不知樂業，貧窮難耐淒涼。可憐辜負好韶光，於國於家無望。天下無能第一，古今不肖無雙。寄言紈絝與膏粱：莫效此兒形狀！（第三回）

「偏僻」「乖張」，都是指性格執拗、怪僻。「可憐辜負好韶光」就是可惜虛度了青春年華的意思。這兩首詞幾乎把所有形容人性格不好的字眼都堆上來了，甚麼「傻」「狂」「偏僻」「乖張」「草莽」「無能」「不肖」……

　　這裏有曹雪芹自己的影子，因為有一句「貧窮難耐淒涼」，這時候寶玉並沒有貧窮，可看作有曹雪芹懺悔自己的成分在。其餘的評價，至少一半是批評，一半是自嘲。

　　寶玉不但內心孤獨，生活也很不自由。他雖然有二、三十個丫頭可供使喚，但只要一有動作，就一定有人報告給賈母。他出門一定有焙茗等一幫小廝跟着，大觀園的圍牆就是自由的極限。所以有一次，他竟然這樣抱怨起來：

　　　　我只恨我天天圈在家裏，一點兒做不得主，行動就有人知道，不是這個攔就是那個勸的，能說不能行。雖然有錢，又不由我使。（第四十七回）

　　因為寶玉孤獨、不自由（只有林黛玉是他的知己，這個我們在下兩章講），所以形成了叛逆的性格。他最煩的就是「仕途經濟」，最不喜歡的就是人情世故。

比如他大概十二、三歲的時候，到寧國府看望秦可卿。秦可卿請寶玉進了正房，寶玉不喜歡屋裏的陳設，就鬧了起來：

當下秦氏引了一簇人來至上房內間。寶玉抬頭看見一幅畫貼在上面，畫的人物固好，其故事乃是《燃藜圖》，也不看係何人所畫，心中便有些不快。又有一幅對聯，寫的是：

世事洞明皆學問，人情練達即文章。

及看了這兩句，縱然室宇精美，鋪陳華麗，亦斷斷不肯在這裏了，忙說：「快出去！快出去！」（第五回）

「燃藜」是一個神話故事。說的是漢代有個大學問家劉向，整理皇家藏書，十分勤奮。有一天夜裏，一個老人忽然走進來，穿着黃衣服，拿着一根藜杖。他看劉向在昏暗的燈光下用功讀書，就用嘴吹了吹藜杖的杖頭，杖頭就冒出火光來，給劉向講了很多神奇的學問。原來這個老人是神仙。後來這個故事就用來鼓勵人刻苦讀書，只要勤學苦讀，神仙也會來幫忙。

「世事洞明皆學問，人情練達即文章」，意思是說，只要懂得世故人情，就稱得上是個有學問的人。這是當時一副很俗套

的對聯，勸人在社會中多多歷練，學會為人處世的本領。寶玉對這些當然是拒絕的。

　　大概三、四十年前，學者們喜歡說賈寶玉是「封建社會的叛逆者」，是書中「唯一清醒的人」，這有些過譽了；又說他的孤獨、叛逆是「反動勢力」的壓迫，這也脫離了作品的時代。書中沒有絕對的好人和壞人，你站在每個人的角度去看，都是值得同情、理解的，沒有對錯之分。比如賈政對寶玉的嚴苛管教，是對家族後繼無人的擔憂；僕人們對寶玉的嘲笑，是出於對制度的維護；「世事洞明皆學問，人情練達即文章」，也是行之有效的生存之道。這就是名著寫出的現實的不同側面。然而正因如此，寶玉的真情流露才會顯得進退兩難，他對自由的追求才會顯得孤獨無助，他的叛逆才會讓我們同情。這種沉重的悲劇感，正是《紅樓夢》一個非常重要的價值。

為甚麼林黛玉特別多愁善感？

林黛玉是《紅樓夢》中的女主角，她是賈寶玉姑姑賈敏的獨生女兒，所以是寶玉的表妹。她自幼住在賈府，聰明、靈巧、才華橫溢，和賈寶玉青梅竹馬。

但是對這位林妹妹，很多讀者並不喜歡。不喜歡的理由如下：林黛玉身體不好，病病歪歪的，性格也「不太正常」，愛哭，一點積極向上的精神都沒有；還小心眼，嘴上又尖酸刻薄，動不動就讓人難堪。

那麼，這樣一個有諸多缺點的女孩，為甚麼成了《紅樓夢》乃至世界文學中最著名的人物之一？

我們先從一件小事說起。林黛玉的「小心眼」，在一個著名的「送宮花」事件中，表現得很明顯。

薛寶釵的母親薛姨媽有十幾支皇宮中的紗花，吩咐賈府的

《黛玉葬花》

僕人周瑞家的給迎春三姐妹、王熙鳳、林黛玉送去。周瑞家的送了一圈，最後剩了兩支，來給林黛玉送。

> 周瑞家的進來笑道：「林姑娘，姨太太着我送花兒與姑娘帶來了。」寶玉聽說，便先問：「甚麼花兒？拿來給我。」一面早伸手接過來了。開匣看時，原來是宮製堆紗新巧的假花兒。黛玉只就寶玉手中看了一看，便問道：「還是單送我一人的，還是別的姑娘們都有呢？」周瑞家的道：「各位都有了，這兩枝是姑娘的了。」黛玉冷笑道：「我就知道，別人不挑剩下的也不給我。」周瑞家的聽了，一聲兒不言語。（第七回）

黛玉的這句話確實很不中聽，但你要是站在她的角度看，卻又不一樣。這種反應和她的處境有關。因為這時候她並不是賈府真正的主人，而是「客居」，是寄人籬下。

你可能沒有體會過「寄人籬下」的滋味——我也沒體會過，但我體會過獨自一人「北漂」的滋味，能想像到那種緊張、不安。幼年的林黛玉，應該是很幸福的，很無憂無慮的。但是不幸的是，她母親賈敏英年早逝，父親林如海把她送到外祖母家

裏。這個故事原著裏叫「林黛玉拋父進京都」，曾以「林黛玉進賈府」的名稱進入語文課本。但這個故事在《紅樓夢》一個帶脂硯齋評語的版本裏，卻叫「榮國府收養林黛玉」。你看「收養」這兩個字，大概就能猜到黛玉的心情（這個題目旁邊還有一條脂硯齋的批語：「觸目凄涼之至！」）。

於是，林黛玉就這樣凄凄慘慘地離開了父親，到了一個完全陌生的環境。那裏縱然有外祖母的疼愛，但跟父母比，畢竟不同。而且她從出生起，就有一種「不足之症」（先天不足），「從會吃飲食時便吃藥，到今日未斷，請了多少名醫修方配藥，皆不見效」，可以說是抱着藥罐子長大的。林黛玉從小面對的是這種境遇，當然會沒有安全感。

沒有安全感的結果，一方面會高傲、自尊，另一方面會敏感、自卑，這是林黛玉的保護色。這樣還去苛求她「懂事」「大度」，反倒是不近人情了。

黛玉除了敏感高傲，還多愁善感。花開了她哭，花謝了她哭，颳風下雨她也要傷心落淚。可能有人會對你說：「哭是軟弱的表現，哪兒有那麼多值得傷心的事情呢？」

然而事情並不是那麼簡單——因為文學名著並不一定是教我們做一個堅強的人，而是讓我們體察不同的人面對同一事

物，會有不同的感受。在不斷的體察中，我們的內心就會慢慢豐富、高貴起來。

比如林黛玉在書中最有名的一件事，就是「黛玉葬花」。一年春天，大觀園裏落花繽紛，林黛玉把落花收到一起，堆起一座「花塚」，就是花的墳墓。看着花朵凋謝，落入泥土，她莫名地傷心，還寫了一首《葬花吟》：

> 花謝花飛花滿天，紅消香斷有誰憐？
>
> 游絲軟繫飄春榭，落絮輕沾撲繡簾。
>
> 閨中女兒惜春暮，愁緒滿懷無釋處，
>
> 手把花鋤出繡閨，忍踏落花來復去。
>
> 柳絲榆莢自芳菲，不管桃飄與李飛。
>
> 桃李明年能再發，明年閨中知有誰？
>
> 三月香巢已壘成，樑間燕子太無情！
>
> 明年花發雖可啄，卻不道人去樑空巢也傾。
>
> 一年三百六十日，風刀霜劍嚴相逼，
>
> 明媚鮮妍能幾時，一朝飄泊難尋覓。
>
> ……（第二十七回）

這首詩可以說是黛玉的人生寫照。大概意思是這樣的：

　　春天快要過去，花朵飄飄揚揚地落了下來，這花朵正如少女的青春年華一樣，雖然美麗，卻太容易凋零。但是花朵明年還會盛開，明年的少女還在不在呢？今天你凋零，我來埋葬你，卻不知我甚麼時候死去。我葬花，別人笑我痴傻。等我死後，葬我的又是誰呢？春盡花殘，就好像少女總會衰老死亡。花落人亡，美麗終將逝去……

　　一個十幾歲的少女，本來應該是天真活潑、開心玩耍的年紀，怎麼每天竟然想這些？為甚麼一點都不「陽光」？

　　這就是黛玉比普通人有靈性的地方，她比我們提前感受到了一個最重要的東西——生命。

　　每個人都有生命，每個人都會經歷出生、幼年、青年、壯年、衰老、死亡的過程。生命只有一次，所以是寶貴的，但並不是每個人都能意識到這種寶貴。事實上，大多數人只是糊糊塗塗地過日子，到臨終時才發現：天哪，一輩子就這麼過完了。

　　你雖然年紀小，但也許會問自己：我是誰？我從哪裏來？長大後要幹甚麼？這就是你已經對生命有了感覺。你問的這幾句話，其實已經可以叫作文學。古往今來，人類創造的文學藝術，大概分為三類：除了表現大自然和日常生活之外，還

有很大一部分，表現的是生命。用一個術語來說，這叫「生命意識」。

黛玉的詩為甚麼動人，因為是她「生命意識」的體現。她經歷了太多的顛沛流離、病苦無依，所以覺得生命是短暫的，青春的美麗也是短暫的。她不是《西遊記》裏的仙女，沒有任何辦法長生不老，嬌顏永駐。所以，她所有的傷感、憂愁、吟詩、流淚，都是觸摸到了生命裏最美好，同時也是最脆弱的東西。你可以這樣認為：這些詩，就是黛玉自己。

其實人們早就感覺到，美麗的花朵凋零，是很可惋惜的。你一定知道孟浩然有一首《春曉》：「春眠不覺曉，處處聞啼鳥。夜來風雨聲，花落知多少。」林黛玉比起孟浩然來，對落花的感受更深了一層。因為她已經把大自然的花朵當成了自己，所以她敏銳地意識到「爾今死去儂收葬，未卜儂身何日喪」，她的生命，早已和自然界的生命融合到了一起。

在一般人看來，她只是一個瘦弱的、愛哭的孤僻少女；但她卻和日月風雲、四季更替、春花秋樹不分彼此——她的肉體生命是弱小的，精神生命卻是宏大的。

生命僅僅是幾十年的時間，非常短暫。所以，古人發現世上沒有長生不老藥之後，要麼就趁年輕建功立業，要麼就去追

求美好，追求藝術。因為生命不能是空虛的，它需要飽滿，需要有內涵。

你如果看過我的《為孩子解讀〈水滸傳〉》，就知道水滸英雄之所以吸引人，是因為他們有一種蓬勃的生命力。魯智深倒拔垂楊柳，武松景陽岡打虎，有多少「深刻意義」呢？談不上，這只是生命力的奔放和宣洩，卻是最富感染力的。

《水滸傳》寫英雄，一定把他們寫得特別強大：兩臂千斤神力，身負絕世武功，這樣，就很容易展現出生命力來。尤其是強者與強者的抗衡，楊志鬥索超、李逵鬥張順、武松醉打蔣門神，更是對生命力酣暢淋漓的展示。

但你想過沒有，還有一種反過來的情況，如果一個人天生體格特別弱，是不是就沒資格展示生命力了呢？不是的，體弱多病，當然不能去拔大樹，打老虎，但是一樣可以在精神上展現生命力，把生命美麗地綻放開來。

黛玉平日的生活，從劉姥姥的眼裏看來是這樣的：

> 劉姥姥因見窗下案上設着筆硯，又見書架上磊着滿滿的書，劉姥姥道：「這必定是那位哥兒的書房了。」賈母笑指黛玉道：「這是我這外孫女兒的屋子。」劉姥姥留神打量

了黛玉一番,方笑道:「這那像個小姐的繡房,竟比那上
等的書房還好。」(第四十回)

你可以想像一下,黛玉瘦怯怯的身子,和書架上滿滿的書
是多麼強烈的對比。而且黛玉不是隨便看着玩的,在讀書中學
到了真才實學。香菱學詩來找她,她隨口就能說出一套完整的
「教程」。這套「教程」放在今天來看,某些文學院教授的水平
都未必比得上。

元妃回家省親,有一個很重要的事情,就是讓弟弟妹妹們
寫詩,考一考他們的才華。黛玉「安心今夜大展奇才,將眾人
壓倒,不想賈妃只命一匾一詠,倒不好違諭多作,只胡亂作一
首五言律應景罷了」。但即便是「胡亂」寫的,也被元妃挑了
出來,認為可以和薛寶釵的詩並列第一。

黛玉因為沒有充分展示詩才,有些失望。她看賈寶玉領旨
要寫四首,急得滿頭大汗,就存心當「槍手」,幫他打小抄:

此時林黛玉未得展其抱負,自是不快。因見寶玉獨作
四律,大費神思,何不代他作兩首,也省他些精神不到之
處。想着,便也走至寶玉案旁,悄問:「可都有了?」寶玉

道：「才有了三首，只少『杏簾在望』一首了。」黛玉道：
「既如此，你只抄錄前三首罷。趕你寫完那三首，我也替
你作出這首了。」說畢，低頭一想，早已吟成一律，便寫
在紙條上，搓成個團子，擲在他跟前。寶玉打開一看，只
覺此首比自己所作的三首高過十倍，真是喜出望外，遂忙
恭楷呈上。（第十八回）

這首詩叫《杏簾在望》，內容是：

> 杏簾招客飲，在望有山莊。
> 菱荇鵝兒水，桑榆燕子樑。
> 一畦春韭綠，十里稻花香。
> 盛世無饑餒，何須耕織忙。（第十八回）

這種場合寫的詩，叫「應制詩」，一般都枯燥無味。然而
林黛玉這首詩一氣呵成，毫不生硬，而且最後兩句，又合乎元
春的皇家身份。所以元妃看了十分高興，認為是「四首之冠」。
雖然榮譽是寶玉得了，黛玉卻心滿意足。

而且，林黛玉寫詩，永遠是「低頭一想」「提筆一揮」「一

揮而就」，別人都在冥思苦想，她是毫不費力，可見才華之高。

　　大觀園裏別的女孩，吟詩作賦，多是遊戲、消遣。但黛玉是把詩歌看成自己的生命的。桃花開了，她就寫《桃花行》；秋雨下了，她就寫《秋窗風雨夕》。可以說，她的生命，早已和詩歌融成了一體，不分彼此。她不但葬花，臨終前，還把所有的詩稿投進火裏，化為灰燼。這個意思是說：花埋葬了，詩燒毀了，她的生命也該完結了。

　　當然，她生命中還有一件重要的事，就是和寶玉的愛情。但這又是一個複雜的話題，我們可以放在另外一篇解讀中來講。

　　三國英雄、水滸好漢，把生命變成了熱血的傳奇，林黛玉卻把生命變成了美麗的詩歌。本質上，這兩者並沒有甚麼不同。當你看到黛玉多愁善感時，千萬不要以為這是甚麼心理疾病。因為人類的生命，永遠是快樂和哀傷、堅強和脆弱並存的。正是那些敏感細膩的心靈，一面努力地綻放，一面體驗着生命的不幸和悲哀，我們的世界才變得豐盈充沛。

薛寶釵是不是個有心計的人？

　　《紅樓夢》裏第一、二號人物是賈寶玉、林黛玉，第三號人物無疑是薛寶釵。

　　薛寶釵是賈寶玉的姨家表姐。她的母親薛姨媽和寶玉的母親王夫人是親姐妹。薛家本來在金陵住，因為皇帝下了一道聖旨，在大家閨秀裏選拔宮中女官，薛寶釵的母親薛姨媽就帶着她到京城來候選。王夫人和她們多年不見，就邀請母女倆住到賈府來，還撥了一處獨門獨院的小宅子供她們居住。薛寶釵就和賈府的女孩們漸漸玩熟了，不分彼此。後來大觀園落成，裏面的蘅蕪苑也分給了薛寶釵。

　　寶釵的外貌是甚麼樣呢？書中有明確交代：

　　　　脣不點而紅，眉不畫而翠，臉若銀盆，眼如水杏。罕

言寡語，人謂藏愚；安分隨時，自云守拙。（第八回）

　　和黛玉一樣，寶釵也很美麗。但和黛玉的聰明外露不同，她少言寡語，安分守己，又不好打扮，初看之下，似乎很難看出她有甚麼過人之處。但是薛寶釵的才華很快就展現了出來，絲毫不輸給林黛玉。

　　比如她詠白海棠，寫柳絮詞，都曾壓過林黛玉一頭，備受讚賞。所以大觀園裏的一流才女，一向是薛林並稱，有時候薛強過林，有時候林強過薛。

　　寶釵不但有文才，還精通繪畫。有一次，賈母叫惜春畫一幅大觀園圖。惜春沒有畫過這樣大的工程，正在為難，寶釵立即滔滔不絕地講了一大套極其專業的畫畫知識，不但驚呆了在場的所有的人，也吸引了後代不知多少研究藝術史的學者，認為這一段是研究清代繪畫極其寶貴的資料。惜春會畫畫，這在《紅樓夢》裏是出了名的，哪兒知道她在畫畫的學問上竟然比不上寶釵。由此可見薛寶釵的內秀。

　　寶釵不但在文學藝術上天分極高，還擅長管理。有一段時間，負責管家的王熙鳳生病了，賈府的日常工作就由李紈、探春、寶釵三人打理。探春覺得人力物力浪費過於嚴重，就決定

「改革」：把大觀園裏的竹子、田地、能出產香料的花草都包給可靠的僕人，讓他們經營，年終只要繳納一定的租稅就可以。寶釵認為這樣還不夠，因為那些沒有承包到事務的僕人一定不滿意，萬一搞點破壞，反而不好。所以，不如叫那些承包者拿出點利潤來均分：

> 一年竟除這個之外，他每人不論有餘無餘，只叫他拿出若干貫錢來，大家湊齊，單散與園中這些媽媽們。他們雖不料理這些，卻日夜也是在園中照看當差之人，關門閉戶，起早睡晚，大雨大雪，姑娘們出入，抬轎子，撐船，拉冰牀，一應粗糙活計，都是他們的差使。一年在園裏辛苦到頭，這園內既有出息，也是分內該沾帶些的。（第五十六回）

這個辦法一公佈，僕人們上上下下，無不高興。

寶釵這麼優秀，原因當然也是有的。首先，她進京的目的，原是候選宮中女官，任務是做公主們的伴讀，這就要求她必須精通詩詞歌賦、琴棋書畫等各種才藝。其次，她比賈寶玉大一歲，比賈府大多數孩子也大，是眾少男少女眼中的「寶姐姐」。

在這個講究「長幼有序」的家庭裏,她必須處事穩重、周到。另外,薛家雖然也是大族,寶釵的哥哥薛蟠卻十分不成器,外號「薛大傻子」,經常惹是生非。平時的家務,自然需要薛寶釵幫助薛姨媽打理,這也鍛煉了她的才幹。

所以,賈府上上下下,從賈母到使喚丫頭,只要和寶釵打過交道的,沒有一個不稱讚她。

比如史湘雲來賈府做客,打算開詩社。但是開社就要請大家吃飯喝酒,要花不少錢。寶釵知道她在家裏不能做主,零花錢也不夠,一定是辦不到的,就叫薛蟠從自家夥計田裏拿來幾大簍螃蟹,以史湘雲的名義請客。這件事讓史湘雲十分感動,「心中自是感服,極讚他想的周到」,又說:「我若不把姐姐當作親姐姐一樣看,上回那些家常話煩難事也不肯盡情告訴你了。」從此史湘雲和薛寶釵特別要好。

有一次,史湘雲還當着賈寶玉的面這麼說:

> 我天天在家裏想着,這些姐姐們再沒一個比寶姐姐好的。可惜我們不是一個娘養的。我但凡有這麼個親姐姐,就是沒了父母,也是沒妨礙的。(第三十二回)

《寶釵點戲》

　　甚至恨這個嫉妒那個的趙姨娘，也對寶釵十分感激。因為寶釵對他們母子一視同仁：

　　且說趙姨娘因見寶釵送了賈環些東西，心中甚是喜歡，想道：「怨不得別人都說那寶丫頭好，會做人，很大方，如今看起來果然不錯。他哥哥能帶了多少東西來，他挨門兒送到，並不遺漏一處，也不露出誰薄誰厚，連我們這樣沒時運的，他都想到了。若是那林丫頭，他把我們娘兒們正眼也不瞧，那裏還肯送我們東西？」（第六十七回）

　　應該說，寶釵這種舉動是很可貴的。趙姨娘母子在賈府最討人嫌，然而寶釵卻一點輕視的態度都沒有，平等相待。比起黛玉來，確實體現了對人的尊重。

　　這樣看來，寶釵確實是集美貌、智慧、孝順、理智、賢惠等優秀品格於一身的，簡直是完美無缺了。然而，在這種「完美」中，又隱隱透出一些奇怪的東西。

　　寶釵雖然賢惠、周到，但很多時候，「理智」得太過了，反而讓你覺得她不好接近。

有一次，寶釵過生日，請了戲班子來唱戲，當時賈母也在，就叫寶釵點戲：

　　　　到晚間，眾人都在賈母前，定昏之餘，大家娘兒姊妹
　　等說笑時，賈母因問寶釵愛聽何戲，愛吃何物等語。寶釵
　　深知賈母年老人，喜熱鬧戲文，愛吃甜爛之食，便總依賈
　　母往日素喜者說了出來。賈母更加歡悅。（第二十二回）

　　賈母一定先叫寶釵點戲，「寶釵推讓一遍，無法，只得點了一折《西遊記》」，《西遊記》是孫悟空打妖怪的熱鬧戲，賈母自然十分高興。

　　這個舉動，當然可以說很理智，很孝順，因為完全圍繞着賈母的喜好，討賈母的歡心。但是，明明是自己的「主場」，戲也是為自己慶祝生日的，這樣的「理智」，豈不是有些違心嗎？

　　然而你說寶釵這樣做很虛偽，卻也不恰當，因為她的高明之處在後面：

　　唱過一輪之後，賈母又叫寶釵點戲。寶釵又點了一齣熱鬧戲《魯智深醉鬧五台山》，寶玉就有點不滿了。因為這齣戲是

魯智深喝多了之後在寺裏打人，在他看來是很粗俗的。寶釵就說：「你白聽了這幾年的戲，那裏知道這齣戲的好處，排場又好，詞藻更妙。」於是給他唸了裏面一支曲牌叫《寄生草》的曲子：

> 漫搵英雄淚，相離處士家。謝慈悲剃度在蓮台下。沒緣法轉眼分離乍。赤條條來去無牽掛。那裏討煙蓑雨笠卷單行？一任俺芒鞋破鉢隨緣化！（第二十二回）

這支曲子徹底征服了寶玉，「喜的拍膝畫圈，稱賞不已。又讚寶釵無書不知」。因為這支曲子寫出了魯智深灑脫、闊達的胸襟，「赤條條來去無牽掛」，超凡絕俗，快意人生。「赤條條來去無牽掛」，也成了後來賈寶玉遁入空門的暗示。

這種英雄的豪邁情懷，寶釵竟能欣賞、稱讚，而且與賈母喜熱鬧戲文居然毫無矛盾。也就是說，她並不是靠委屈自己去奉承別人，而是真的能從那些熱鬧戲文裏，鑒賞出味道來。這到底是真的喜歡呢，還是「違心」呢？

還有一次，王夫人打了丫頭金釧兒，金釧兒又羞又怒，就跳井死了。王夫人聽了消息，也很內疚，正心情不好時，寶釵

走了進來，王夫人對她說了這件事，說「豈不是我的罪過」。寶釵寬慰王夫人：

> 寶釵歎道：「姨娘是慈善人，固然這麼想。據我看來，他並不是賭氣投井。多半他下去住着，或是在井跟前憨頑，失了腳掉下去的。他在上頭拘束慣了，這一出去，自然要到各處去頑頑逛逛，豈有這樣大氣的理！縱然有這樣大氣，也不過是個糊塗人，也不為可惜。」王夫人點頭歎道：「這話雖然如此說，到底我心不安。」寶釵歎道：「姨娘也不必念念於茲，十分過不去，不過多賞他幾兩銀子發送他，也就盡主僕之情了。」（第三十二回）

然後，王夫人又發愁沒有合適的新衣服給金釧兒盛殮。薛寶釵忙說自己有兩套新的，不用另做。王夫人又擔心把她的新衣服給死人穿，怕她忌諱。寶釵笑道：「姨娘放心，我從來不計較這些。」

這幾句話，確實起了作用，王夫人不再內疚了。但是這幾句話，對死者金釧兒以及她的家屬來說，卻相當冷漠無情。因為這等於在王夫人這裏，金釧兒不但白白死了，還落了個「糊

塗人」的名聲，死了也「不為可惜」。王夫人的良心從此不會受到任何譴責，「不過多賞他幾兩銀子發送他」，頗有寶釵哥哥薛蟠「花上幾個臭錢」，擺平馮淵命案的味道了。

不過，寶釵在這件事上，同樣是理智的。王夫人是她的親姨媽，金釧兒只是個普通丫頭。從親疏關係上，她自然會先寬慰姨媽。而且，金釧兒家屬並不在場，她無論說甚麼，都不會對他們有所傷害。況且寶釵還真正出了力，貢獻了自己的新衣服，幫王夫人解決了實際困難，金釧兒家也得了實惠。從這個角度來說，寶釵的這種體貼、慷慨、大度，實在沒有甚麼可挑剔的。

也有人說，寶釵的確理智、老成、持重，但這些掩蓋了她本真的樣子。寶玉討厭仕途經濟，對人一片真情；黛玉的人生就是一首熱烈的詩；但從沒見寶釵喜歡甚麼，討厭甚麼，不顧一切地追求甚麼，或者誓死反抗甚麼，從來沒有。

她讚賞《寄生草》，但當然不會去過魯智深的流浪生活；她懂繪畫，卻從沒見她在繪畫中寄託情感；她能作詩，卻一直說那都是消遣的玩意兒；甚至她有過人的管理才能，卻並不熱衷管家。這一點她不如王熙鳳，因為王熙鳳是真心享受權力帶給她的快樂，正如黛玉享受着詩歌帶給她的慰藉一樣。甚至犀

利的探春、幼小的惜春，都有自己執着的追求，而寶釵並沒有。

寶釵所有的美好，似乎都是為別人生的。如果你要問：「寶姐姐，你自己想過甚麼樣的生活？」她恐怕很難回答上來。她溫暖、體貼，對任何人都很好，她集美貌、智慧、孝順、理智、賢惠於一身，但這些似乎都不屬於她自己。她可以是好妻子、好管家、好臣子、好主人、好朋友、好女兒、好母親，卻偏偏無法離開這些社會給她的身份，做一個純粹的「自己」。反之，你很難把這些身份加在黛玉身上。林黛玉就是林黛玉。

所以，寶釵雖然堪稱完美，曹雪芹卻給了她一個「無情」的評價。有一次寶玉過生日，大家抽簽，每個人抽到的簽，預示了各自的命運。寶釵抽到的簽就是「任是無情也動人」。

寶釵的「無情」，下人們是能體會到的。有個僕人興兒說過一句很刻薄的話，正好點出了薛、林兩個人的缺點。他說見了黛玉、寶釵兩個，要遠遠地躲開，不敢出氣：

> 生怕這氣大了，吹倒了姓林的；氣暖了，吹化了姓薛的。（第六十五回）

寶玉對她，也只是「空對着山中高士晶瑩雪」，保持一份

形式上的互敬互愛。從脂硯齋批語的暗示中，寶釵和寶玉婚後，不是相互沒有體貼、關懷，但終究沒有生死與共的感情。寶玉出家之後，寶釵也陷入了孤獨、淒涼之中，不由讓人歎息。

從這一點上來說，寶釵也是一個悲劇。她並不像幾十年前學者們說的那樣虛偽奸詐，是「封建社會衞道士」「女曹操」。雖然我們不知道曹雪芹原稿裏，寶釵的命運最後是怎樣的，但是這種失去自我的悲劇，似乎也不亞於黛玉淚盡夭亡。曹雪芹寫寶釵，同樣是飽含同情的，不然，就不會在第五回說「演出這懷金悼玉的紅樓夢」，「金」，自然就是指寶釵了。

「金玉良緣」和「木石前盟」是怎麼回事？

　　《紅樓夢》三個最重要的人物是賈寶玉、林黛玉和薛寶釵。你會發現曹雪芹給這三個人起的名字很有意思，寶玉和黛玉重了一個「玉」字，寶玉和寶釵又重了一個「寶」字。這似乎暗示着，寶玉和黛玉固然是一對密不可分的戀人；寶玉和寶釵也難捨難分，無法割離。所以書裏給寶、黛和寶、釵的感情各寫了一個故事，一個叫「木石前盟」，一個叫「金玉良緣」。

　　「木石前盟」寫的是寶玉的前身神瑛侍者澆灌了黛玉的前身絳珠仙草。絳珠仙草修煉成人後，要報答神瑛侍者澆水的恩情，就許願下凡後把一生的淚水還給他。

　　「金玉良緣」寫的是薛寶釵小時候遇到一個癩頭和尚，叫薛家在寶釵的金項圈上刻上一行字「不離不棄，芳齡永繼」，這行字正好和寶玉戴的那塊玉上的字「莫失莫忘，仙壽恆昌」

配成了一對。

　　所以，黛玉、寶釵，都注定要和寶玉有不平凡的感情經歷，書裏二人總是對仗着寫的，如從回目裏就可以看出：

　　第二十七回　滴翠亭楊妃戲彩蝶，埋香塚飛燕泣殘紅

　　第三十八回　林瀟湘魁奪菊花詩，薛蘅蕪諷和螃蟹詠

　　第四十二回　蘅蕪君蘭言解疑癖，瀟湘子雅謔補餘香

　　「瀟湘」指黛玉的雅號「瀟湘妃子」，「蘅蕪」指寶釵的雅號「蘅蕪君」，兩人總是在同一回中出現。又如在第五回裏，賈寶玉夢遊「太虛幻境」，看到了預言眾女子命運的判詞。別人的判詞都是每人一首，唯獨黛玉和寶釵是合在一起的：

　　　可歎停機德，堪憐詠絮才。

　　　玉帶林中掛，金簪雪裏埋。（第五回）

　　後來警幻仙子叫人給寶玉演唱《紅樓夢》曲，黛玉和寶釵依然是合在一起的：

【終身誤】都道是金玉良緣，俺只念木石前盟。空對着，山中高士晶瑩雪[1]；終不忘，世外仙姝寂寞林[2]。歎人間，美中不足今方信。縱然是齊眉舉案，到底意難平。

（第五回）

書裏黛玉和寶釵處處形成對比，比如黛玉嬌小，比作飛燕（漢代美女趙飛燕），寶釵豐腴，比作楊妃（唐代美女楊貴妃），兩人同樣美麗，不分高下；這次寶釵在詩社拿一個冠軍，下次黛玉必然也要拿一個冠軍；元春省親時，黛玉幫寶玉寫詩，寶釵同樣給寶玉指點典故。黛玉固然高潔空靈，真誠可愛；但寶釵舉止得體，處事周到，也同樣讓人喜歡。

黛玉和寶釵的性格都有缺憾，但一個人的不足之處，恰恰是另一個人的擅長。比如黛玉刻薄、小性，寶釵就得體、大方；寶釵冷峻、漠然，黛玉就直率、真誠。這種「互補」的性格，也形成了一種奇妙的對比。有人管這種局面叫「雙峰並峙，二水分流」。

所以《紅樓夢》出版之後，就有一大批人喜歡林黛玉，同樣也有一大批人喜歡薛寶釵。晚清時有個著名文人叫鄒弢，他

---

① 指薛寶釵。
② 指林黛玉。

和一個叫許紹源的朋友都喜歡看《紅樓夢》，但兩人意見不同：鄒弢喜歡林黛玉，不喜歡薛寶釵；許紹源喜歡薛寶釵，不喜歡林黛玉。兩人為此吵起架來，甚至要動拳頭打架，幸虧有其他朋友將他們拉開。於是兩人發誓，這輩子見面再也不談《紅樓夢》了！

「木石前盟」和「金玉良緣」到底衝突在哪裏？首先從字面上就能看出來。「木」和「石」都是大自然最普通、最原始的東西，象徵着自然的個性、本真的情感。而「金」和「玉」呢，都是燦燦發光的寶貝，是人們看重、追求的，象徵着功名利祿、富貴榮華。

寶玉面前，有兩條路：一條是他自己追求的，舒展個性，展露真情；一條是他父母、家族希望的，要他考取功名，光宗耀祖。而古代貴族少男少女的婚姻，不是一個人的事，而是關係到整個家族利益。所以，他固然喜歡「木石前盟」，但是又不得不考慮「金玉良緣」的力量。寶釵為人的圓融、管家的智慧，無疑是賈家兒媳婦的上好人選。尤其是賈府內外都能看出敗落的兆頭時，賈家更需要這樣一個人，幫助寶玉走上「正路」，振興家業。

賈寶玉、林黛玉、薛寶釵，這三個人像一架天平。賈寶玉

是天平的軸心，林黛玉在一頭，代表個性、出世、超逸自然；薛寶釵在另一頭，代表理性、入世、富貴榮華。這架天平不停地左搖右擺，讓寶玉陷入兩難的境地——這其實也是所有人的兩難。一方面，人不能喪失自我，泯滅個性；另一方面，每個人也都有對家庭、對社會的義務。到底要如何選擇，有沒有折中的辦法，《紅樓夢》並沒有教我們怎麼辦，而是如實地寫出了這種兩難。這種兩難，正是貫穿於整個人類社會的難題，所以才顯得震撼人心。

「木石前盟」比「金玉良緣」出現得早。按《紅樓夢》的設定，寶玉、黛玉雖然是神仙下凡，但他們在天宮做過的事，出生後就不記得了，但畢竟還有一些殘存的靈性。所以兩人一見面就覺得很熟悉：

　　黛玉一見，便吃一大驚，心下想道：「好生奇怪，倒像在那裏見過一般，何等眼熟到如此！」（第三回）

而寶玉見了黛玉，也有似曾相識的感覺：

　　寶玉看罷，因笑道：「這個妹妹我曾見過的。」賈母笑

道:「可又是胡說,你又何曾見過他?」寶玉笑道:「雖然未曾見過他,然我看着面善,心裏就算是舊相識,今日只作遠別重逢,亦未為不可。」(第三回)

這個一見就熟悉的「舊相識」的感覺,就成了「木石前盟」的基礎。然而很快,寶釵到來了,「金玉良緣」介入到「木石前盟」裏了,書中說寶釵:

不想如今忽然來了一個薛寶釵,年紀雖大不多,然品格端方,容貌豐美,人多謂黛玉所不及。而且寶釵行為豁達,隨分從時,不比黛玉孤高自許,目無下塵,故比黛玉大得下人之心。便是那些小丫頭子們,亦多喜與寶釵去頑。因此黛玉心中便有些悒鬱不忿之意,寶釵卻渾然不覺。(第五回)

寶釵的豐美、端方,自然也吸引了寶玉。而且寶釵戴着一個金項圈,和寶玉的玉正好湊成一對。況且賈、薛兩家同屬「四大家族」,門當戶對,在一般人看來,這兩家結親是再合適不過的。

黛玉也非常在意這件事。因為對黛玉來說，和賈寶玉的感情是她生命中非常重要的事。所以她動不動就試探寶玉「你有玉，人家就有金來配你」「我很知道你心裏有妹妹，但只是見了姐姐，就把妹妹忘了」。為這件事，寶玉、黛玉吵過好多次架。直到有一天，她在門外聽到寶玉和史湘雲的談話。

　　談話起因是史湘雲勸寶玉，如今大了，要學習仕途經濟，將來好應酬世務，寶玉立即跟她翻了臉，誇林黛玉的好：

　　　　寶玉道：「林姑娘從來說過這些混帳話不曾？若他也說過這些混帳話，我早和他生分了。」（第三十二回）

　　寶釵也勸寶玉經常講講「經濟學問」，湘雲、襲人都表示讚同，可見「金玉良緣」的力量着實不小。然而寶玉並不認同她們，可見心中把黛玉當成最貼心的知己，才會硬碰硬地回了一句：「林姑娘從來說過這些混帳話不曾？」

　　哪知這句話正好被林黛玉聽見，十分震驚，書裏寫她的心理：

　　　　林黛玉聽了這話，不覺又喜又驚，又悲又歎。所喜者，

果然自己眼力不錯,素日認他是個知己,果然是個知己。所驚者,他在人前一片私心稱揚於我,其親熱厚密,竟不避嫌疑。所歎者,你既為我之知己,自然我亦可為你之知己矣;既你我為知己,則又何必有金玉之論哉;既有金玉之論,亦該你我有之,則又何必來一寶釵哉!所悲者,父母早逝,雖有銘心刻骨之言,無人為我主張,況近日每覺神思恍惚,病已漸成,醫者更云氣弱血虧,恐致勞怯之症。你我雖為知己,但恐自不能久待;你縱為我知己,奈我薄命何!(第三十二回)

這件事以後,黛玉的心,才漸漸安定下來,不再胡思亂想,自尋煩惱。後來又經過許多事,寶玉挨打、寶玉贈帕、黛玉題詩,二人的感情終於彼此心領神會。從此黛玉再也沒有刻意試探過寶玉。

寶、黛穩定下來後,接下來馬上是釵、黛和解。這件事的起因,是劉姥姥來大觀園,賈母設宴,黛玉在宴席上說了幾個酒令,無意中用了《西廂記》《牡丹亭》裏的幾句話。這兩部書講的都是愛情故事,在當時的貴族家庭,是禁止給孩子看的。於是第二天寶釵就把黛玉叫到自己房裏來,故意要「審」

她。黛玉發覺自己失於檢點，連連向寶釵「求饒」。

> 寶釵見他羞得滿臉飛紅，滿口央告，便不肯再往下追問，因拉他坐下吃茶，款款的告訴他道：「你當我是誰，我也是個淘氣的。從小七八歲上也夠個人纏的。我們家也算是個讀書人家，祖父手裏也愛藏書。先時人口多，姊妹弟兄都在一處，都怕看正經書。弟兄們也有愛詩的，也有愛詞的，諸如這些『西廂』『琵琶』以及『元人百種』，無所不有。他們是偷背着我們看，我們卻也偷背着他們看。後來大人知道了，打的打，罵的罵，燒的燒，才丟開了。所以咱們女孩兒家不認得字的倒好。男人們讀書不明理，尚且不如不讀書的好，何況你我……」（第四十二回）

這裏，寶釵也向黛玉交了底，她以前也不是像今天這樣「穩重和平」的，只是現在，她認同了社會普遍的規則，不再堅持當年的自己了。這番話讓牙尖嘴利的黛玉啞口無言，「心下暗伏」，只有不停地答應「是」。不久後，黛玉藉和寶釵開玩笑的時候說：「好姐姐，饒了我罷！顰兒年紀小，只知說，不知道輕重，作姐姐的教導我，姐姐不饒我，還求誰去？」這等

於黛玉認同了寶釵對她的教導，和寶釵的情感更近了。

所以你看，黛玉雖然很容易和人鬧別扭，但她心地單純，也很容易消解。後來她生病，寶釵又送她燕窩。這次真的把黛玉感動了，她對寶釵說：

> 你素日待人，固然是極好的，然我最是個多心的人，只當你心裏藏奸。從前日你說看雜書不好，又勸我那些好話，竟大感激你。往日竟是我錯了，實在誤到如今。（第四十五回）

所以到了這一回之後，寶釵、黛玉就沒有出現過大的矛盾，黛玉的「小性」也漸漸不明顯了。甚至寶釵的妹妹薛寶琴來，賈母對她十分疼愛，黛玉也絲毫沒有嫉妒，反而拿她當親妹妹。這讓寶玉十分不解。黛玉就對寶玉說：

> 黛玉笑道：「誰知他竟真是個好人，我素日只當他藏奸。」因把說錯了酒令起，連送燕窩病中所談之事，細細告訴了寶玉。寶玉方知緣故⋯⋯（第四十九回）

這一段，寫的是黛玉的真誠，寶釵的善良。有人說寶釵虛偽、會玩心機，用幾兩燕窩就把黛玉收買了，這實在是把《紅樓夢》當成「宮鬥」小說來看了。

　　雖然寶、黛、釵的矛盾暫時化解了，但黛玉又增添了新的心事，越發瘦弱憂傷：

　　　　黛玉拭淚道：「近來我只覺心酸，眼淚卻像比舊年少了些的。心裏只管酸痛，眼淚卻不多。」寶玉道：「這是你哭慣了心裏疑的，豈有眼淚會少的！」（第四十九回）

　　眼淚少了，意味着她確認寶玉是和她一心的，猜疑、試探少了。但心裏酸痛，反倒說明，她意識到，真正的壓力，並不是眼前寶釵這個人，而是外部的大環境。寶釵善良、穩重，兩人並不是你死我活的「敵人」。而所有人對「金玉良緣」的支持，對「木石前盟」的不理解，才是她「酸痛」的根本。但這個問題，不是與寶釵和解就可以化解的。

　　這一筆，使《紅樓夢》大大超出了普通的情感小說──不把感情矛盾放在哪個人身上，而是讓整個社會背景，都參與到悲劇中來。可惜的是，後面的故事如何發展，我們不得而知，

因為曹雪芹的原著到第八十回就結束了。寶釵和黛玉的結局，是高鶚或其他續作者補寫的，我們沒有辦法看到曹雪芹是怎麼處理這個故事的。

在前八十回中，我們知道的是：薛寶釵是第一個搬出大觀園的女孩，而林黛玉是唯一一個死在大觀園的女孩。這兩件事的意味深長之處在於：薛寶釵搬出大觀園，意味着及早丟下純潔的青春，進入「金玉良緣」所要求的現實軌道；而林黛玉死在大觀園裏，意味着堅守着美麗的理想，與不能實現的「木石前盟」一同毀滅。無論是薛寶釵，還是林黛玉，都失去了她們最寶貴的東西，都是一場巨大的悲劇。

為甚麼說史湘雲的色彩最明亮？

　　《紅樓夢》是一場悲劇，傷心的事幾乎哪回都有。「四大家族」裏人際關係複雜，鈎心鬥角的事也幾乎哪回都有。然而，《紅樓夢》裏偏偏有一個女孩，走到哪裏，哪裏就有快樂和笑聲，這個女孩就是史湘雲。

　　史湘雲是「四大家族」中史家的女孩，她的爺爺是賈母的親兄弟。史湘雲的性格，和那些温柔靦覥的千金小姐完全不一樣，倒有點像今天說的「女漢子」。她很喜歡到賈府來玩，只要她一來，大家就都快樂起來。因為她不但不停地製造新笑話，還有許多舊笑話讓大家不停地拿出來說。有一次，大家回憶她各種有趣的故事，薛寶釵說她曾故意打扮成寶玉的樣子：

　　寶釵一旁笑道:「姨娘不知道,他穿衣裳還更愛穿別人的衣裳。可記得舊年三四月裏,他在這裏住着,把寶兄弟的袍子穿上,靴子也穿上,額子也勒上,猛一瞧倒像是寶兄弟,就是多兩個墜子。他站在那椅子後邊,哄的老太太只是叫『寶玉,你過來,仔細那上頭掛的燈穗子招下灰來迷了眼。』他只是笑,也不過去。後來大家撐不住笑了,老太太才笑了,說『倒扮上男人好看了』」。(第三十一回)

　　史湘雲腰細,身子靈活,長得「蜂腰猿背,鶴勢螂形」,所以穿上毛料衣服,林黛玉就說:「你們瞧瞧,孫行者來了。」一個像孫悟空的女孩子,應該是無時無刻不淘氣玩鬧的吧。

　　所以林黛玉接着寶釵的話說到,一次下雪天,史湘雲跑出去堆雪人:

　　老太太的一個新新的大紅猩猩氈斗篷放在那裏,誰知眼錯不見他就披了,又大又長,他就拿了個汗巾子攔腰繫上,和丫頭們在後院子撲雪人兒去,一跤栽到溝跟前,弄了一身泥水。(第三十一回)

接着迎春也說湘雲多話：

> 淘氣也罷了，我就嫌他愛說話。也沒見睡在那裏還是咭咭呱呱，笑一陣，說一陣，也不知那裏來的那些話。（第三十一回）

史湘雲一出場，一定是「大笑大說」，於是大家一定都被她帶得笑起來。在《紅樓夢》裏，一出場就帶笑聲的有兩個人，一個是王熙鳳，一個是史湘雲。但是王熙鳳說笑，多數是在故意活躍氣氛，比如討好賈母；而史湘雲說笑，那真的是「大笑大說」，毫無顧忌。賈府的人，經常是謹小慎微的，顯得有些壓抑。健康、活潑的史湘雲，為賈府帶進來一股清新的風。

史湘雲最有名的一段故事，就是「醉眠芍藥裀（yīn，粵音同「因」）」。寶玉過生日那天，大家都給他祝壽，一面行酒令，一面喝酒，十分熱鬧。湘雲是裏邊最能玩能鬧的，哪知道過了一會兒，卻找不到她了。原來是她喝多了，跑到外面睡覺去了。

正說着，只見一個小丫頭笑嘻嘻的走來：「姑娘們快瞧雲姑娘去，吃醉了圖涼快，在山子後頭一塊青板石凳上睡着了。」眾人聽說，都笑道：「快別吵嚷。」說着，都走來看時，果見湘雲臥於山石僻處一個石凳子上，業經香夢沉酣，四面芍藥花飛了一身，滿頭臉衣襟上皆是紅香散亂，手中的扇子在地下，也半被落花埋了，一群蜂蝶鬧穰穰的圍着他，又用鮫帕包了一包芍藥花瓣枕着。眾人看了，又是愛，又是笑，忙上來推喚挽扶。湘雲口內猶作睡語說酒令，唧唧嘟嘟說：

泉香而酒冽，玉碗盛來琥珀光，直飲到梅梢月上，醉扶歸，卻為宜會親友。

眾人笑推他，說道：「快醒醒兒吃飯去，這潮凳上還睡出病來呢。」（第六十二回）

這段故事的主人公不可能是弱不禁風的林黛玉，也不可能是老成穩重的薛寶釵，甚至不可能是威風八面的王熙鳳，而只能是史湘雲。因為在石頭上「醉臥」，只有史湘雲這種嬌憨、天真的人，才能做得出來。「湘雲醉臥」也成了一個美麗的形象，經常成為《紅樓夢》繪畫的主題。

《湘雲醉眠》

　　上一節說過，林黛玉、薛寶釵在書中一個代表「木石前盟」，一個代表「金玉良緣」，以賈寶玉為中心，很像一架天平。有趣的是，史湘雲加入之後，三個女孩又形成了一架新的天平——這架天平無關外界，是屬於女孩們自己的：薛寶釵中庸平正，恰好是天平的中軸；林黛玉愛哭、敏感，在天平的一端；史湘雲愛笑，「英豪闊大寬宏量」，正好和林黛玉相反，在天平的另一端。有趣的是，黛玉和寶釵的才華不相上下，湘雲和她們相比，也是毫不遜色。所以寶釵固然能撐得起天平的中軸，兩邊黛玉和湘雲的分量也是相等的。

　　書裏寫了很多作詩的場合。寶釵和黛玉作詩時，往往暗地裏較勁，嘴上卻不說出來。但史湘雲一來，就是直接搶。

　　有一次下了大雪，大家聚在一起作「聯句詩」。聯句，就是先由一個人說第一句，然後下面的人要對上這句，然後再給後面的人出一句。比如王熙鳳開了個頭，說了第一句「一夜北風緊」，李紈就對「開門雪尚飄」，然後拋出一句「入泥憐潔白」，留給下一個人去對。下一個是香菱，她對出「匝地惜瓊瑤」，又出一句「有意榮枯草」，留給下一個人探春去對。這樣就不停地接下去，最後由一個人收尾，有點像成語接龍。

一開始的時候，大家都規規矩矩地一個接一個聯句。等到了史湘雲，「那裏肯讓人，且別人也不如他敏捷，都看他揚眉挺身的說」，秩序一下子打亂了。薛寶釵、薛寶琴、林黛玉哪肯示弱，也打亂了秩序，紛紛站起來接龍。湘雲一個人戰三個人，毫不示弱。中間黛玉還叫寶玉接了兩句，寶玉接得遲了點，湘雲就立即說：「你快下去，你不中用，倒耽擱了我。」看來，她是打定主意獨戰群雄了。

很快，探春、香菱、李紈等才思沒那麼敏捷的，就根本搶不上了。接着，寶釵也敗下陣來。只有寶琴、黛玉共戰湘雲。最後結果，除了湘雲中間喝了口水，被邢岫煙搶走兩句外。其餘的聯句，都被湘雲搶去了。於是大家也不聯句了，開始看熱鬧：

　　眾人看他三人對搶，也都不顧作詩，看着也只是笑。黛玉還推他往下聯，又道：「你也有才盡之時。我聽聽還有甚麼舌根嚼了！」湘雲只伏在寶釵懷裏，笑個不住。寶釵推他起來道：「你有本事，把『二蕭』的韻全用完了，我才伏你。」湘雲起身笑道：「我也不是作詩，竟是搶命呢。」（第五十回）

這樣「搶命」的火爆場面，在以前的詩社裏是從來沒有過的。這種火爆，也只有史湘雲能帶來。所以，說史湘雲是《紅樓夢》裏最明亮的色彩，毫不為過。

《紅樓夢》裏的女孩，當然都是美麗的。史湘雲也很美麗，可她偏偏有個小毛病：說話咬舌頭。她喊賈寶玉「二哥哥」，卻經常喊成「愛哥哥」。

這個細節特別可愛，因為一般寫漂亮女孩，無非是「貌比春花，顏如秋月」「千嬌百媚，天仙下凡」這樣的套話。然而曹雪芹卻偏偏不這樣寫，他總是喜歡在女孩的美麗上，添一點點缺點。黛玉尖酸，寶釵高冷，在常人看來都是缺點。史湘雲說話咬舌，也是缺點，然而這個奶聲奶氣的缺點讓你一下子就記住了她。還有寫鴛鴦「鴨蛋臉面，烏油頭髮，高高的鼻子」，唯獨「兩邊腮上微微的幾點雀斑」，讓你一下子記住這就是鴛鴦。這些小缺點，並不會讓你討厭，反倒更覺得真實美好。

其實史湘雲的處境並不算好。她家雖然是大族，但她自幼父母雙亡，依靠叔叔嬸子生活。所以她雖然是千金小姐，卻沒法做主，為了節省家裏開支，經常做針線做到深夜。說到這些傷心事，她也忍不住落淚，然而這些傷心事一轉眼就消失不見，她依然「大笑大說」。這層悲劇的底色，反倒襯托出了湘

雲的樂觀、開朗。我們被湘雲逗笑的同時，也忍不住同情她、可憐她。因為我們知道，在那個時代，沒有父母兄弟依靠，她的活潑開朗，恐怕只是一時，一旦長大後談婚論嫁，還是擺脱不了悲劇命運。

所以，根據第五回《紅樓夢》曲的預示，史湘雲的命運是：

廝配得才貌仙郎，博得個地久天長，準折得幼年時坎坷形狀。終久是雲散高唐，水涸湘江。

這幾句話聽起來很不美妙。意思是說，湘雲本來是可以嫁一個滿意的心上人的，這也算是抵消了她小時候的坎坷命運。哪知道「雲散高唐，水涸湘江」，似乎是結婚後，夫婦就迅速分離，或者丈夫去世，湘雲守寡，仍然悲劇收場。這一點通行的續書裏寫得並不清晰，只說是湘雲出嫁後丈夫得了重病。既然曹雪芹沒有給我們一個完整的結局，我們只好憑書中的蛛絲馬跡進行猜測了。

此外，還有一個從民國開始流行的說法，據說有人見到過《紅樓夢》的「真本」，故事和今天的續書完全不一樣。賈府沒

落後，十分蕭條，黛玉、寶釵都去世了，賈寶玉淪落到替人打更為生（晚上敲着梆子巡夜），史湘雲也成了乞丐。兩個人在窮苦中相遇，結成患難夫妻。這個結局雖然仍然很慘，但畢竟給我們留下了一線希望。所以，無論這是不是曹雪芹的本意，我卻願意相信它是真的。

賈府的四個女兒是怎麼回事？

　　《紅樓夢》中的女孩，除了林黛玉、薛寶釵、史湘雲這最重要的三位之外，還有三位，就是經常一起出現的賈府三姐妹，迎春、探春、惜春。

　　其實和三姐妹平輩的還有一位大姐賈元春，她是賈政的長女，因為生於正月初一，所以叫「元春」，後面的姐妹取名就跟着「春」字的排行。元春早早地就被選入宮中擔任女史，後來加封賢德妃。為了迎接元春省親，賈府建造了大觀園，可以說元春是賈家甚至「四大家族」的政治靠山。根據曹雪芹的設計，元春應該是死於某一場政治鬥爭，此後賈府就迅速衰敗了。賈府四姐妹的名字連起來是「元迎探惜」，也就是「原應歎息」的諧音。

　　元春當了貴妃之後，就很難出宮見到親人。即便是「聖上

隆恩」，准許她回家省親，也是身邊圍繞着一堆女官、太監，見了家人，只能說些場面話，以君臣之禮相見。然而這一段見面的故事，仍被曹雪芹寫得極其震撼人心：

> 　　茶已三獻，賈妃降座，樂止。退入側殿更衣，方備省親車駕出園。至賈母正室，欲行家禮，賈母等俱跪止不迭。賈妃滿眼垂淚，方彼此上前廝見，一手攙賈母，一手攙王夫人，三個人滿心裏皆有許多話，只是俱說不出，只管嗚咽對泣。邢夫人、李紈、王熙鳳、迎、探、惜三姊妹等，俱在旁圍繞，垂淚無言。
>
> 　　半日，賈妃方忍悲強笑，安慰賈母、王夫人道：「當日既送我到那不得見人的去處，好容易今日回家娘兒們一會，不說說笑笑，反倒哭起來。一會子我去了，又不知多早晚才來！」說到這句，不禁又哽咽起來。邢夫人等忙上來解勸。賈母等讓賈妃歸座，又逐次一一見過，又不免哭泣一番。（第十八回）

明明是金碧輝煌的迎駕大典，明明是歡天喜地的元宵佳節，滿場卻是一片哭聲。元妃哭，賈母哭，王夫人哭，平輩姐

妹們無一不哭。這種藝術張力是巨大的。明末清初大學者王夫之說過一句話：「以樂景寫哀，以哀景寫樂，一倍增其哀樂。」這句話用在這裏再合適不過了。

然而這一段還不止於此，元妃見了祖母、母親，自然要講幾句宮裏的生活，按理說，她現在新晉封為貴妃，總該說說皇帝是多麼寵幸，生活是多麼富貴。然而她卻把皇宮叫作「那不得見人的去處」。你可以想像一下元妃當時的處境，她代表的是皇權，一句話不能說錯，一步路不能走錯。正因為如此，這句充滿悲涼的話，才尤其觸目驚心。有這一句，元春在《紅樓夢》裏的形象就立住了。

寶玉從小是元春帶大的，元春對他就像半個母親一樣。所以元春回來，特地提出要見見寶玉（普通男子是不能隨便接近貴妃的，哪怕是父親賈政，也只能隔着簾子對話），於是見面後又是一場哭泣：

> 小太監出去引寶玉進來，先行國禮畢。元妃命他進前，攜手攔於懷內，又撫其頭頸笑道：「比先竟長了好些……」一語未終，淚如雨下。（第十八回）

大概是因為宮中生活不自由，也大概是因為對弟弟妹妹的寵愛，元春走後，就傳旨將省親別墅賜給寶玉和未出嫁的妹妹們居住，這件事讓眾姐妹十分開心，尤其是寶玉，更開心。應該說，這體現了元春的體貼與溫情。

然而元春的存在，也有令人不安的一面。在一次端午節賞賜中，元春特意賜給寶玉和寶釵兩份同樣的禮物，有宮扇、香珠、名貴的綾羅、席子等。寶玉一開始很高興，但聽說他和黛玉得的賞賜不一樣，就對這件事警惕起來：

> 寶玉聽了，笑道：「這是怎麼個原故？怎麼林姑娘的倒不同我的一樣，倒是寶姐姐的同我一樣！別是傳錯了罷？」（第二十八回）

這個舉動似乎表示，元春很中意薛寶釵，希望寶玉能娶寶釵，但只是因為後四十回不是曹雪芹原著，我們不知道這件事的結局是甚麼。總之，這位元妃娘娘，就像賈府依靠的枝繁葉茂的大樹，又像一朵飄浮在寶、黛愛情上的若隱若現的陰雲。她升為貴妃之後，給賈府，尤其是寶玉，帶來的究竟是幸福還是災難，至今仍然是個謎。

元春之下，迎春、探春、惜春三位，經常一起出入。林黛玉第一次來到賈府，看到三姐妹的模樣是：

不一時，只見三個奶嬤嬤並五六個丫鬟，簇擁着三個姊妹來了。第一個肌膚微豐，合中身材，腮凝新荔，鼻膩鵝脂，溫柔沉默，觀之可親。第二個削肩細腰，長挑身材，鴨蛋臉面，俊眼修眉，顧盼神飛，文彩精華，見之忘俗。第三個身量未足，形容尚小。其釵環裙襖，三人皆是一樣的妝飾。（第三回）

這裏面第二個「顧盼神飛」的女孩，就是排行第三的探春。因為她戲份太多，我們會專門來講。這裏只說其餘的兩位：迎春和惜春。

第一個「溫柔沉默」的，就是排行第二的迎春。寶玉管她叫「二姐姐」，因為她性格怯懦，又有個外號叫「二木頭」，「戳一針也不知噯喲一聲」。

迎春是賈赦的女兒，在同輩姐妹中，是最沒有存在感的。甚至曹雪芹寫到大觀園眾少女時，都懶得提她。迎春的性格，只能從別人對她的評價中看出來。而這些評價，無一例外地都說她沒用、窩囊。比如薛寶釵就說她「是個有氣的死人」，把

迎春的特點說得再準不過。

　　賈寶玉過生日，所有的姐妹甚至丫鬟都請到了，偏偏沒有她（或者請了她不願來）；所有的宴會，她都沒有甚麼出彩的表現；她的智力似乎也很平庸，甚至經常和萬人嫌的賈環相提並論。有一次過年，元春從宮裏送出一個燈謎，讓弟妹們猜。其實很簡單，大家都猜着了，唯獨她和賈環沒猜着。

　　迎春也不是完全沒有故事，她最有名的一段故事，是「懦小姐不問纍金鳳」。迎春的乳母聚眾賭博，被抓了起來，迎春卻不管不問。因為她覺得「我說他兩次，他不聽也無法。況且他是媽媽（乳母在未成年主子面前有一定的威嚴），只有他說我的，沒有我說他的」。丫頭繡桔也十分惱火，原來迎春此前丟了一個名貴的首飾「纍絲金鳳」，就是這位乳母偷去典當銀子了，可迎春軟弱，覺得乳母是拿去借用忘還回來了：

　　　　繡桔道：「何曾是忘記！他是試準了姑娘的性格，所以才這樣。如今我有個主意：我竟走到二奶奶房裏，將此事回了他，或他着人去要，或他省事拿幾吊錢來替他賠補。如何？」迎春忙道：「罷，罷，罷，省些事罷。寧可沒有了，又何必生事。」繡桔道：「姑娘怎麼這樣軟弱。都要省

起事來，將來連姑娘還騙了去呢。我竟去的是。」說着便走。迎春便不言語，只好由他。（第七十三回）

如果說作品中每個人都有一個「高光時刻」，這一段「懦小姐不問纍金鳳」，就是迎春的高光時刻了。然而這個「高光時刻」，實在窩囊到了極點。因為她「臉軟」，所以下人背着她胡作非為，連乳母都欺負到她頭上，偷她的東西。她不敢管教下人，也不敢聲張，「寧可沒有了」，也不願生事。如果乳母贏了錢，把金鳳送了回來，她就收着；如果送不回來，只當是丟了。

你說她偏袒乳母，卻也不是。原來她乳母的兒媳婦見婆婆聚眾賭博被抓了，趕緊跑來求迎春，想請她去太太面前說個情，把婆婆放出來，迎春也死活不肯去。她似乎想用一個套子把自己裝起來，外面的是非，哪怕和自己有關，也一概不管不問才好。

然而迎春這樣一來，倒霉的反而是繡桔等人，她們會因為弄丟了主人的東西而受連累，不能懲治壞人，傷害的就是無辜的人。

迎春的這種性格，注定了她的人生不會幸福。果然，她出

嫁後，丈夫孫紹祖十分兇惡，沒多久就把她折磨死了。而且賈赦把迎春嫁給孫紹祖是為了還債。迎春的人生是一個悲劇，是她性格造成的悲劇。

惜春是賈府四姐妹中年紀最小的。她出場的時候還小，曹雪芹連她的相貌都懶得寫，只說了八個字「身量未足，形容尚小」。她只要出場，都是藏在才華橫溢的哥哥姐姐們身後，連說話的機會都很少。

但惜春也有才華。她雖然不善寫詩，卻善於繪畫。甚至她在元春省親的時候奉命寫的詩，也帶着非常強的畫面感：

山水橫拖千里外，樓台高起五雲中。

園修日月光輝裏，景奪文章造化功。(第十八回)

大觀園坐落在城市裏，本來沒有甚麼「山水」，但惜春偏偏從「千里外」的山水寫起。這種由遠及近的「鏡頭感」，正是畫家以及攝像師獨特的視角。

惜春是寧府的女孩，她從小失去了母親，親生父親賈敬不問家事，天天躲在城外的玄妙觀「煉仙丹」；親哥哥賈珍又是個色鬼，所以惜春從小是抱到榮國府來養大的。她雖然過着

錦衣玉食的公侯千金的生活，實際上的處境，和黛玉、湘雲差不多。她雖然有親人，卻缺少真正的温暖和親情。按說最小的孩子總要受寵，但哪怕是慈愛的賈母，對她也沒甚麼特別的疼愛，反倒天天催着她畫大觀園圖，讓她十分為難。

　　飯後，賈母又親囑惜春：「不管冷暖，你只畫去，趕到年下，十分不能便罷了。第一要緊把昨日琴兒①和丫頭梅花，照模照樣，一筆別錯，快快添上。」惜春聽了雖是為難，只得應了。一時眾人都來看他如何畫。惜春只是出神。（第五十回）

　　惜春從賈母那裏得到的疼愛，當然和寶玉、黛玉天差地遠，甚至連剛來的寶琴都不如。

　　因為這種生活環境，惜春養成了孤僻、執拗的性格。但這種孤僻、執拗和黛玉並不一樣：黛玉是對生命有希望，有感情，但和環境不合，所以孤僻；惜春是對未來悲觀絕望，毫不留戀塵世的生活，只希望跳出紅塵，潔身自好。她對寧國府這個生身之地毫不留戀，後來她的丫頭入畫犯了私自傳遞寧國府財物

---

① 薛寶琴。

的過錯，她就趁機和寧府斷絕了關係，再也不往來。

因為對塵世不留戀，惜春從小就喜歡佛教。佛教崇尚「空無」，和她的心性正相合。她和哥哥姐姐們並沒甚麼感情，反倒和佛教人士玩得很好。她第二次出場時，就在和饅頭庵的小尼智能兒玩耍，周瑞家的給姑娘們送宮花，惜春笑道：

> 我這裏正和智能兒說，我明兒也剃了頭同他作姑子去呢，可巧又送了花兒來，若剃了頭，可把這花兒戴在那裏呢？（第七回）

平平淡淡一句話，就預示了她日後看破紅塵，剃髮出家的命運。

惜春雖然和迎春一樣，沒甚麼出鏡機會，但是她在書中的作用，卻比迎春大得多。引人注目的第五回中惜春的判詞這樣寫：

> 勘破三春景不長，緇衣頓改昔年妝。
> 可憐繡戶侯門女，獨臥青燈古佛旁。（第五回）

「三春」原本指春天的三個月孟春（農曆正月）、仲春（二月）、季春（三月），在《紅樓夢》裏當然指人，但到底指哪三個人，是一個有趣的話題。一般來說，迎春、探春、惜春三位經常一起出場，「三春」指她們，似乎很合情理。但這裏說惜春是「勘破三春」的一個人，《紅樓夢》曲中預示惜春命運的《虛花悟》也有「將那三春看破」的字眼，似乎「三春」指元春、迎春、探春更為合適。

　　春天是花開的季節，春天的三個月過去了，花就凋謝了，如春天般繁盛的賈府也衰敗了。秦可卿臨終時給王熙鳳託夢，最後說了一句話「三春過後諸芳盡，各自須尋各自門」，就是這個意思。

　　所以，惜春雖然身為賈府千金，似乎卻不算在「三春」之內，而是一直在冷眼旁觀。賈府的興衰過程，雖然她也置身其中，但她的心從來不屬於這個「溫柔富貴鄉」，所以才具有「勘破三春」的資格。可以說，惜春是一雙獨立於賈府繁華之外的、冷靜審視的眼睛。

　　惜春在高鶚續書中的很多表現，都是繼承了判詞的預示。比如寶玉中舉之後突然失蹤（實際上是出家去了），家人急急忙忙地尋找。只有惜春說：「這樣大人了，那裏有走失的。只

怕他勘破世情，入了空門，這就難找着他了。」看來，在最後時刻，與寶玉心靈相通的，反倒是他這位最小的妹妹。如果說寶玉是經歷過繁華破滅之後的衰敗，才徹底看破紅塵，而這個命運結局早就落在惜春身上，從故事一開始就靜靜陪伴着她了。

為甚麼探春叫「玫瑰花」？

　　賈家四姐妹中，出場最多，最能和黛玉、寶釵、湘雲相提並論的，是排行第三的賈探春。她是賈政的妾趙姨娘的女兒，是寶玉的同父異母妹妹，所以寶玉管她叫「三妹妹」。

　　賈探春在僕人口中有個外號，叫「玫瑰花」。僕人們私下裏都說：「三姑娘的渾名是『玫瑰花』。玫瑰花又紅又香，無人不愛的，只是刺戳手。」為甚麼探春得了這麼一個外號呢？要從她的性格說起。

　　探春給人的第一印象，是「削肩細腰，長挑身材，鴨蛋臉面，俊眼修眉，顧盼神飛」，看上去就和迎春、惜春兩位姐妹不同，而且她的住處秋爽齋，佈置得也與其他人的閨房不同：

　　　　探春素喜闊朗，這三間屋子並不曾隔斷。當地放着一

張花梨大理石大案，案上磊着各種名人法帖，並數十方寶硯，各色筆筒，筆海內插的筆如樹林一般；那一邊設着斗大的一個汝窰花囊，插着滿滿的一囊水晶球兒的白菊。西牆上當中掛着一大幅米襄陽①《煙雨圖》，左右掛着一副對聯，乃是顏魯公②墨跡，其詞云：

煙霞閒骨格，泉石野生涯。（第四十回）

從一個人房間的擺設，能看出一個人的性格。探春的房間，就是各種「大」。大屋子、大案子、大筆筒、大花囊、大畫，連對聯都是顏真卿的，而不是柳公權、褚遂良的。顏真卿的字，渾厚博大是出了名的（當然唐代還沒有這種對聯，這裏只是文學手法）。這些擺設不像小姐的閨房，反倒像一個讀書人的書房，而且是性格剛強、健朗的讀書人的書房。

所以探春說過這樣一句話：

我但凡是個男人，可以出得去，我必早走了，立一番事業，那時自有我一番道理。（第五十五回）

---

① 米襄陽即宋代書畫家米芾，善畫煙雨山水。
② 唐代著名書法家顏真卿。

遺憾的是，探春是個女孩，在當時，女孩是不可能在社會上立出事業的。但探春絕不甘寂寞，她把這些雄心壯志，都用在了平時的生活中。

　　探春做的第一件「事業」，是成立詩社。她的文才，在大觀園裏並不是最好的，不如黛玉、寶釵、湘雲。但她偏偏樂意做這種組織工作。

　　成立詩社前，探春給寶玉寫了一封邀請信，信裏有幾句話很有意思：「孰謂蓮社之雄才，獨許鬚眉；直以東山之雅會，讓余脂粉。」「蓮社」就是「白蓮社」，是東晉高僧慧遠發起的佛教社團，有很多當時名流參與其中。「東山」指的是東晉名臣謝安，謝安隱居在會稽東山，和書法家王羲之、高僧支遁等人經常在一起聚會，吟詩作賦，談論文學。「鬚眉」指男人，「脂粉」指女人。探春的意思是說：誰說白蓮社、東山雅集這樣的名流，非得是男人不可，我們女子也可以展露才華。這和探春要「立一番事業」的志向，恰好是吻合的。難怪寶玉一看，就連連稱讚：探春的詩社高雅，他雖然是「鬚眉」，卻也立即跑去湊熱鬧了。

　　如果說詩社無非是小孩子的娛樂，那麼從第二件探春的「事業」中，就可以看出她的機敏才幹，不愧「敏探春」的稱呼。

為孩子解讀《紅樓夢》

　　賈府負責管家的是王熙鳳，有一次，王熙鳳生了病，沒辦法做事，王夫人就叫探春和李紈暫時管家。賈府的家事之繁雜，可不比平常的小家庭，而且最熟悉具體事務的，反倒不是主子，而是下面實際辦事的僕人，他們會貪污耍滑、偷懶怠工。主事者沒有一點本事，肯定是管不過來的。

　　探春剛上任，就遇到了一件需要她處理的麻煩事。趙姨娘的兄弟，也就是探春的舅舅趙國基死了，賈府這種大家庭，親戚去世後的賞銀是有定數的，但辦事的奴僕故意不說：

　　　　吳新登的媳婦心中已有主意，若是鳳姐前，他便早已獻勤說出許多主意，又查出許多舊例來任鳳姐兒揀擇施行。如今他藐視李紈老實，探春是青年的姑娘，所以只說出這一句話來，試他二人有何主見。（第五十五回）

　　這明顯是「刁奴」在「欺主」。果然李紈不知就裏，隨隨便便地說：「就賞四十兩吧。」探春立即制止，並且細細詢問往年的慣例：

　　　　一問，吳新登家的便都忘了，忙陪笑回說：「這也不

164

是甚麼大事，賞多少誰還敢爭不成？」探春笑道：「這話胡鬧。依我說，賞一百倒好。若不按例，別說你們笑話，明兒也難見你二奶奶。」吳新登家的笑道：「既這麼說，我查舊賬去，此時卻記不得。」探春笑道：「你辦事辦老了的，還記不得，倒來難我們。你素日回你二奶奶也現查去？若有這道理，鳳姐姐還不算利害，也就是算寬厚了！還不快找了來我瞧。再遲一日，不說你們粗心，反像我們沒主意了。」（第五十五回）

吳新登家的一共試探了兩次，第一次是明知舊例而不說，第二次是被探春盤問後說「忘了」，結果這兩次試探都被探春戳穿了。當然，探春並不知道具體賞多少，但她能想到兩件事：第一，賞銀一定有個慣例；第二，吳新登家的平時伺候鳳姐，也一定有工作習慣。

這就是探春「敏」的地方。她能從一個小問題，看到背後的大框架。親戚去世賞銀，看上去是一個小問題，但是按規矩是如何處理的，處理的原則是甚麼，是不是可以按這個原則繼續執行……這一系列才是大問題。探春查明舊賬，決定按照慣例，賞銀二十兩，而且教訓了吳新登家的一頓，給了她一個下

馬威,自然也給了眾管家婆一個下馬威。

後來,探春又頂住了趙姨娘的吵鬧,取消了賈環和賈蘭一些重複支出的費用。趙國基是趙姨娘的弟弟,自己的親舅舅,賈環是自己的親兄弟,所以探春這種處理方式更讓人心悅誠服。

探春理家,還做了一件事,就是在園子裏搞「承包」。因為她發現,大觀園裏的竹子、稻田、蓮藕、魚蝦、花草,都是可以盈利的。所以她決定,把這些作物承包給幾個懂行的老媽媽:

> 若派出兩個一定的人來,既有許多值錢之物,一味任人作踐,也似乎暴殄天物。不如在園子裏所有的老媽媽中,揀出幾個本分老誠能知園圃的事,派準他們收拾料理,也不必要他們交租納稅,只問他們一年可以孝敬些甚麼。一則園子有專定之人修理,花木自有一年好似一年的,也不用臨時忙亂;二則也不至作踐,白辜負了東西;三則老媽媽們也可借此小補,不枉年日在園中辛苦;四則亦可以省了這些花兒匠山子匠打掃人等的工費。將此有餘,以補不足,未為不可。(第五十六回)

寶釵也十分讚同，還給這個方案做了一些補充。這個方案不但給賈府節省了開銷，園子也有了專人負責管理，老媽媽們也有了盈餘，皆大歡喜：

> 　　眾人聽了，無不願意，也有說：「那一片竹子單交給我，一年工夫，明年又是一片。除了家裏吃的筍，一年還可交些錢糧。」這一個說：「那一片稻地交給我，一年這些頑的大小雀鳥的糧食不必動官中錢糧，我還可以交錢糧。」
> （第五十六回）

　　所以上到賈母、王熙鳳，下到寶玉、黛玉，都對探春的才幹讚賞有加。黛玉曾對寶玉說「你家三丫頭倒是個乖人」，寶玉說「最是心裏有算計的人，豈只乖而已」。當然，僕人們也被她的嚴格犀利懾服了。

　　如果說探春的「敏」僅限於管家理事，那倒也不見得多高明，她更重要的品質是清醒。

　　有一次，邢夫人、王夫人懷疑園子裏的丫頭和外人私通，聽信了惡奴的挑撥，叫王熙鳳帶着人進大觀園查抄，看看女孩子們有沒有私藏男人的東西。這件事等於家中自殘，破壞了僅

存的信任,讓探春痛心疾首。

探春聽說查抄的人來了,早早地就點上燈,開門迎接。王熙鳳等人一進來,探春就說道:「我們的丫頭自然都是些賊,我就是頭一個窩主。既如此,先來搜我的箱櫃,他們所有偷了來的,都交給我藏着呢。」說着,就叫丫頭們把箱櫃一齊打開。王熙鳳一看這架勢,哪敢真的搜,慌忙叫人關上。這時,探春說了一句讓在場所有人刻骨銘心的話:

你們別忙,自然連你們抄的日子有呢!你們今日早起不曾議論甄家?自己家裏好好的抄家,果然今日真抄了。咱們也漸漸的來了。可知這樣大族人家,若從外頭殺來,一時是殺不死的,這是古人曾說的「百足之蟲,死而不僵」,必須先從家裏自殺自滅起來,才能一敗塗地!(第七十四回)

探春一面說着,一面流下淚來。她從現在自家人查抄自家人,敏感地意識到家族即將敗落,意識到將來榮國府會遭遇抄家的下場。可以說,她是大觀園裏唯一有洞察力的人。

這件事還有一個小尾聲,鳳姐見探春這樣說,連忙起身告辭,探春故意問了好幾遍:你們都搜明白沒有?要是明天再來,

我就不依了。這時候王善保家的不知好歹：

> 他便要趁勢作臉獻好，因越眾向前拉起探春的衣襟，故意一掀，嘻嘻笑道：「連姑娘身上我都翻了，果然沒有甚麼。」鳳姐見他這樣，忙說：「媽媽走罷，別瘋瘋顛顛的。」一語未了，只聽「拍」的一聲，王家的臉上早着了探春一掌。（第七十四回）

王善保家的就是獻讒言要邢夫人、王夫人查抄大觀園的那個家奴，這一掌算是把這個惡奴的氣焰打下去了。

探春的結局，曹雪芹也沒有寫出。在第五回，預示探春命運的判詞是這樣的：

> 才自精明志自高，生於末世運偏消。
> 清明涕送江邊望，千里東風一夢遙。（第五回）

一般認為，這首判詞預示着探春遠嫁。所以高鶚續書中，探春嫁到了海南鎮海統制周家，躲過了抄家，後來事情平息，她還回京探望親人。

　　探春的這個結局，當然比她姐姐妹妹都好，卻不一定符合曹雪芹的原意。因為按照曹雪芹的意思，探春的命運也是相當悲慘的。嫁給海南的軍官，似乎談不上多麼「悲劇」。

　　所以，央視1987年版電視連續劇《紅樓夢》把這個結局拋棄了，改寫了一個新結局（當然也有對曹雪芹原著探佚的根據）。說朝廷在邊疆打仗，南安郡王被番邦俘虜。番邦提出條件，要求朝廷把南安郡王的妹妹送來和親。南安太妃捨不得自己的女兒，就來到賈府，認探春做義女，送她去和親。戰敗和親送去的女子，相當於人質，在對方那裏毫無地位可言，而且再難返回故土，算得上是「千里東風一夢遙」了。

為甚麼説王熙鳳「機關算盡太聰明」？

　　《紅樓夢》裏有讓人一見就無法忘記的人物，除了寶玉和大觀園的女孩們，王熙鳳也算一個。

　　王熙鳳的出場，歷來被當作是文學作品中最有名的場景之一。林黛玉初進賈府，見過了賈母，邢、王二夫人和迎、探、惜三姐妹，正在說話，後面有人走進來。

　　一語未了，只聽後院中有人笑聲，說：「我來遲了，不曾迎接遠客！」黛玉納罕道：「這些人個個皆斂聲屏氣，恭肅嚴整如此，這來者係誰，這樣放誕無禮？」心下想時，只見一群媳婦丫鬟圍擁着一個人從後房門進來。這個人打扮與眾姑娘不同：彩繡輝煌，恍若神妃仙子。頭上戴着金絲八寶攢珠髻，綰着朝陽五鳳掛珠釵；項上帶着赤金

盤螭瓔珞圈；裙邊繫着豆綠宮絛，雙衡比目玫瑰佩；身上穿着縷金百蝶穿花大紅洋緞窄褃襖，外罩五彩刻絲石青銀鼠褂；下着翡翠撒花洋縐裙。一雙丹鳳三角眼，兩彎柳葉吊梢眉，身量苗條，體格風騷。粉面含春威不露，丹唇未啟笑先聞。（第三回）

真可謂人未到聲先到，這位「先聲奪人」的就是王熙鳳。她和那些端莊穩重的大家閨秀完全不同，出場就風風火火，而且「三角眼」「吊梢眉」，更暗示了她不是普通的女性，而是個有手段、有權威的厲害人物。

王熙鳳是「四大家族」中王家的女兒。王家的豪富程度不亞於賈家，而且負責管理「洋船貨物」，有點像今天外交部或對外貿易部門。王熙鳳自幼是「假充男兒教養的」，雖然讀書不多，但從小就學着辦理事務，見的世面多。嫁到賈家之後，又負責管理榮國府的家事，更加幹練老到。

榮國府是公侯之家，事情極多。按照王熙鳳丫頭善姐的說法是：

我們奶奶天天承應了老太太，又要承應這邊太太那邊

太太。這些妯娌姊妹，上下幾百男女，天天起來，都等他的話。一日少說，大事也有一二十件，小事還有三五十件。外頭的從娘娘算起，以及王公侯伯家多少人情客禮，家裏又有這些親友的調度。銀子上千錢上萬，一日都從他一個手一個心一個口裏調度，那裏為這點子小事去煩瑣他。（第六十八回）

管理這樣一個大家族，相當於今天經營一個幾百人的大公司，需要一個工種，叫「職業經理人」。而王熙鳳就是這樣的優秀角色。

王熙鳳身上有許多閃光點，但其中最光彩熠熠的事件，就是「協理寧國府」。她本來是榮國府的大總管，誰知寧國府的孫媳婦秦可卿去世，賈珍一個人料理不來，就來到榮國府，求王熙鳳幫忙，到寧國府主持一段時間的工作。王熙鳳聽了，大喜過望：

那鳳姐素日最喜攬事辦，好賣弄才幹，雖然當家妥當，也因未辦過婚喪大事，恐人還不伏，巴不得遇見這事。今見賈珍如此一來，他心中早已歡喜。（第十三回）

　　仔細想想這段心理，你會覺得王熙鳳是可愛的。就像孫悟空喜歡賣弄法術，魯智深喜歡賣弄力氣，王熙鳳喜歡賣弄才幹。這種賣弄，不是為了虛榮，而是真心喜歡管理工作，在工作中得到滿足。一個人只要對某件事真正有熱情，就有可愛之處。

　　王熙鳳接到任務，立即籌劃起來，她盤算着寧國府的弊端：「頭一件是人口混雜，遺失東西；第二件，事無專執，臨期推諉；第三件，需用過費，濫支冒領；第四件，任無大小，苦樂不均；第五件，家人豪縱，有臉者不服鈐束，無臉者不能上進。」盤算清楚了，想好對策，就過來辦公。

　　第二天，王熙鳳卯正二刻（早晨六點左右）就過來了。她坐下開口便說道：

　　　既託了我，我就說不得要討你們嫌了。我可比不得你們奶奶好性兒，由着你們去。再不要說你們「這府裏原是這樣」的話，如今可要依着我行，錯我半點兒，管不得誰是有臉的，誰是沒臉的，一例現清白處治。（第十四回）

　　說着，就叫人唸花名冊，一個一個叫進來安排工作。管祭

品的，管待客的，管巡邏的，管桌椅板凳的⋯⋯安排得滴水不漏。她要求嚴格，自己也以身作則。她隨身帶着錶（《紅樓夢》的背景是清代，當時已經有便攜的鐘錶），起早貪黑，毫不懈怠。有一天，一個僕人睡過了頭，王熙鳳立即派人把他叫來。任憑他怎麼哀告，鳳姐堅決不饒，打了僕人二十板子。

這頓板子讓眾人服服帖帖，再也不敢玩忽職守。果然，這場喪事有了王熙鳳主持，從頭到尾沒出過一點差錯。寧國府的事務，本來十分混亂，經王熙鳳這麼一整治，立即井井有條起來。僕人們私下裏都說：「論理，我們裏面也須得他來整治整治，都忒不像了。」

可見人們對敬業的「職業經理人」的能力和做法是讚賞的，哪怕她要求苛刻，處罰嚴厲。這段工作，鳳姐自己也很高興，「威重令行，十分得意」。今天經常講「職業精神」，王熙鳳身上，就有現代職業女性的影子。所以曹雪芹稱讚她「金紫萬千誰治國，裙釵一二可齊家」，真正是個英雄人物！

王熙鳳為人熱絡開朗，對親屬相當不錯。賈母、邢夫人、王夫人都是她的長輩，大家族講究禮節，王熙鳳在這方面絲毫不錯。在這三個人面前，王熙鳳永遠是恭敬伺候，哪怕有不一樣的意見，也絕不頂撞。平輩弟妹都是她的小叔子、小姑子，

在大家族裏一般也是很難相處的，可王熙鳳和他們處得很好，在各種場合對他們百般照顧。

賈母是整個家族最尊貴的長輩，喜歡熱鬧，喜歡開心，王熙鳳就千方百計地逗她笑。有一次，賈母到大觀園裏遊玩，說起她小時候曾經失足掉到水裏，頭被磕破，留下一個凹坑。王熙鳳立即打起趣來：

> 鳳姐不等人說，先笑道：「那時要活不得，如今這大福可叫誰享呢！可知老祖宗從小兒的福壽就不小，神差鬼使碰出那個窩兒來，好盛福壽的。壽星老兒頭上原是一個窩兒，因為萬福萬壽盛滿了，所以倒凸高出些來了。」未及說完，賈母與眾人都笑軟了。（第三十八回）

你要是見過年畫上的壽星，就知道他有一個高高的腦門。王熙鳳拿賈母比壽星，賈母當然高興。

還有一次，賈赦想討賈母身邊的貼身大丫頭鴛鴦做妾，賈母大發脾氣。王熙鳳連忙哄賈母開心，拉着薛姨媽、王夫人，陪賈母打牌。賈母眼花，是鴛鴦幫忙看牌。王熙鳳早就和鴛鴦商量好了暗號，故意送牌給賈母吃，讓她贏了不少錢，賈母果

然消了氣。臨到最後，王熙鳳還故意賣乖：

> 鳳姐聽說，便站起來，拉着薛姨媽，回頭指着賈母素日放錢的一個木匣子笑道：「姨媽瞧瞧，那個裏頭不知頑了我多少去了。這一吊錢頑不了半個時辰，那裏頭的錢就招手兒叫他了。只等把這一吊也叫進去了，牌也不用鬥了，老祖宗的氣也平了，又有正經事差我辦去了。」話說未完，引的賈母眾人笑個不住。偏有平兒怕錢不夠，又送了一吊來。鳳姐兒道：「不用放在我跟前，也放在老太太的那一處罷。一齊叫進去倒省事，不用做兩次，叫箱子裏的錢費事。」賈母笑的手裏的牌撒了一桌子，推着鴛鴦，叫：「快撕他的嘴！」（第四十七回）

王熙鳳能說會道，故意裝出「輸錢」後可憐巴巴的樣子，把賈母哄得十分開心。

王熙鳳對這些沒出嫁的妹妹也是真的很好。大觀園的女孩們辦詩社沒有經費，李紈就帶着她們去找王熙鳳，說要請王熙鳳做「監社御史」。王熙鳳笑着說：

　　你們別哄我，我猜着了，那裏是請我作監社御史，分明是叫我作個進錢的銅商！你們弄甚麼社，必是要輪流作東道的。你們的月錢不夠花了，想出這個法子來拗了我去，好和我要錢。可是這個主意？（第四十五回）

　　開玩笑歸開玩笑，王熙鳳還是一口答應，先給五十兩銀子作為詩社的活動經費。這筆錢不是一個小數目，相當於今天的兩萬多塊。有了這筆錢，詩社順利辦起來了，大家也玩得很開心。

　　但是王熙鳳「本性要強，不肯落人褒貶」，所以不太注意身體，凡事總要強挺着做，慢慢地生了病。她又不肯休息，帶着病還要管事，所以她的助手平兒向鴛鴦抱怨說：

　　我的姐姐，你還不知道他的脾氣的。別說請大夫來吃藥。我看不過，白問了一聲身上覺怎麼樣，他就動了氣，反說我咒他病了。饒這樣，天天還是察三訪四，自己再不肯看破些且養身子。（第七十二回）

　　這一回叫「王熙鳳恃強羞說病」，這場病其實已經預示了

鳳姐的悲劇命運。因為越到後來，她的病越來越多，身體越來越差，越來越壓不住府裏的人了。

王熙鳳雖然精明強幹，卻十分貪財，又喜歡玩弄權術，這些都埋下了賈府敗落的禍根。她把自己的月錢攢起來，放了高利貸，每年就能收一千多兩的利息。這可能還沒甚麼，但其他人的月錢，也是經她手發放。她就把這些錢也放了貸，致使月錢經常不能及時發放。這就屬於挪用公款了。這讓素來不言不語的襲人都覺得不滿，說：「難道他還短錢使！何苦還操這心？」

王熙鳳曾經辦過這樣一件事：有一戶張姓財主，女兒叫張金哥，已經定過了親，誰知被長安知府的小舅子李衙內看中了，強要求親。張家父母貪圖權勢，就答應了李衙內。原來的男方當然不依，找上門來鬧。張家雖然有錢，卻沒甚麼勢力，就託一個鐵檻寺的老尼姑，輾轉求到王熙鳳這裏。王熙鳳一來貪財，二來為了顯示自己有本事，就收了張家的三千兩銀子，立即用賈璉的名義寫了封信，找到長安的一個高官雲光，逼原來的男方退了親。哪知道張金哥聽說後，就上吊死了，她原來的未婚夫也跳河殉情。張李兩家人財兩空，王熙鳳卻坐收了三千兩銀子。這個故事就叫「弄權鐵檻寺」。

　　這件事比起挪用公款來更加危險。因為挪用公款放貸，無非是自家的事。但王熙鳳這次託關係找雲光，是冒用丈夫賈璉的名義寫的信。王熙鳳（或者王家）與雲光並沒有交情，這位雲光是因為「久欠賈府之情」才答應的，這就將賈府的把柄留到外人手裏了。

　　此後，王熙鳳膽子越來越大，類似的事做了許多，於是書上寫了一筆：

> 　　自此鳳姐膽識愈壯，以後有了這樣的事，便恣意的作為起來，也不消多記。（第十六回）

　　雖然曹雪芹的原著八十回之後遺失了，但從書中其他處的暗示來看，這幾件事可能成了賈府後來覆亡的導火索。有學者認為，正是那個被打的僕人，告發了王熙鳳「弄權鐵檻寺」的罪狀，王熙鳳因而被捕入獄，賈府也自然受到了牽連。

　　所以第五回《紅樓夢》曲中，曹雪芹給王熙鳳的曲子，名字就叫「聰明累」，曲詞是：

> 　　機關算盡太聰明，反算了卿卿性命。生前心已碎，死

後性空靈。家富人寧，終有個家亡人散各奔騰。枉費了，意懸懸半世心；好一似，蕩悠悠三更夢。忽喇喇似大廈傾，昏慘慘似燈將盡。呀！一場歡喜忽悲辛。歎人世，終難定！（第五回）

王熙鳳和黛玉、寶釵等人不同，她是賈府的當權者，她的命運，是和賈府息息相關的。或者說，她的敗亡，就等於賈府的敗亡。她雖然聰明絕頂，然而機關算盡，反而把自己的性命，甚至家族的命運搭了進去。賈府這座大廈忽喇喇地崩塌，當然不能全歸罪於她，但是她無疑在其中起到了重要的破壞作用。可以說，正因為賈府興也由她，敗也由她，這種毀滅才格外沉重，格外發人深思。

賈母有甚麼過人之處？

大多數家庭裏，都有一個重要的成員，那就是奶奶。我的奶奶還健在，今年都九十歲了。

天下的奶奶好像都差不多，你閉上眼一想就知道：慈祥、溫暖、和藹可親，而且很寵孫子、孫女，有時候甚至對他們有些溺愛。

沒錯，這就是隔代人的感情。父親母親往往對孩子很嚴厲，但奶奶往往對孩子很寵愛。《紅樓夢》裏的賈母就是一個這樣的奶奶形象。

賈母是賈府第二代榮國公賈代善的妻子，「四大家族」中史家的女兒，人稱「老祖宗」「老太太」。她是賈府年紀最大的人，也是寶玉、迎春、探春、惜春等一群年輕人的祖母。

跟普通家庭的老奶奶一樣，寶玉一時不在跟前，她就「一

片聲」地找寶玉。賈政對寶玉嚴加管教，賈母總是在中間護着。有一次，元妃娘娘傳旨，叫寶玉和眾姐妹進大觀園居住，賈政叫寶玉過去訓話，寶玉嚇得死活不敢去：

　　賈母只得安慰他道：「好寶貝，你只管去，有我呢，他不敢委曲了你。況且你又作了那篇好文章。想是娘娘叫你進去住，他吩咐你幾句，不過不教你在裏頭淘氣。他說甚麼，你只好生答應着就是了。」一面安慰，一面喚了兩個老嬤嬤來，吩咐「好生帶了寶玉去，別叫他老子唬着他。」老嬤嬤答應了。（第二十三回）

你說賈母這是溺愛吧，她卻也有她的道理。有一次，她向人解釋自己為甚麼溺愛寶玉：

　　可知你我這樣人家的孩子們，憑他們有甚麼刁鑽古怪的毛病兒，見了外人，必是要還出正經禮數來的。若他不還正經禮數，也斷不容他刁鑽去了。就是大人溺愛的，是他一則生的得人意，二則見人禮數竟比大人行出來的不錯，使人見了可愛可憐，背地裏所以才縱他一點子。（第五十六回）

　　也就是說，寶玉在外面，其實是很規矩、乖巧的。甚至在父母面前，他也畢恭畢敬地守禮，比如他騎馬經過父親的門前，是一定要下來步行的。哪怕父親並不在屋裏，他還是會守這些規矩。他在別人眼中的「叛逆」，不是不懂那些規矩，也不是不能遵守，而是從心眼裏不喜歡。賈母正因知道這一點，所以賈政把寶玉管嚴了，她就特意鬆一鬆。

　　人老了之後，都喜歡熱鬧，賈母也是一樣。《紅樓夢》裏的宴會，有多一半是賈母張羅起來的。這倒不是她多麼喜歡吃喝，更多的原因是她害怕孤單。但凡元宵、中秋、除夕，以及各人的生日，賈母是最積極的，「大家坐在一處擠着，又親香，又暖和」。

　　有一次中秋節開夜宴，賈母先是在屋裏拜月，又帶領眾人到山上賞月、喝酒、行酒令、聽笛子、賞桂花，到了第二天天亮，還不肯散。在座的年輕人大多數熬不住，有告辭走的，也有偷着溜的。唯獨賈母還是興頭十足，要大家講笑話。最後賈母自己都撐不住了，這才離開宴席，回屋休息。在賞月時她感慨人少，不夠熱鬧，還為笛聲傷感落淚。

　　夜靜月明，且笛聲悲怨，賈母年老帶酒之人，聽此聲

音，不免有觸於心，禁不住墮下淚來（第七十六回）

賈母的傷感是老年人常見的情緒，人們發覺了她在流淚，連忙哄她開心。

不過，賈母既然是賈家的「老太君」，又是「四大家族」出身，所以和普通的老太太又有很大的不同——至少，你肯定會發現，她和劉姥姥就很不一樣。

賈母出身貴族，從小受過嚴格的教育，對貴族生活的方方面面都相當熟悉。她對聽戲、聽書、聽音樂、行酒令、猜燈謎樣樣在行，對衣着打扮、陳設佈置也相當有品位。

比如賈母去大觀園遊玩，來到黛玉的瀟湘館。她看見滿園都是綠色的竹子，連窗紗都是綠的，就覺得顏色不配，說要換換。王熙鳳忙說家裏還有許多「蟬翼紗」，立即遭到賈母的嘲笑：

賈母聽了笑道：「呸，人人都說你沒有不經過不見過，連這個紗還不認得呢，明兒還說嘴。」……

「那個紗，比你們的年紀還大呢。怪不得他認作蟬翼紗，原也有些像，不知道的，都認作蟬翼紗。正經名字叫

作『軟煙羅』。」……

「你能夠活了多大，見過幾樣沒處放的東西，就說嘴來了。那個軟煙羅只有四樣顏色：一樣雨過天晴，一樣秋香色，一樣松綠的，一樣就是銀紅的，若是做了帳子，糊了窗屜，遠遠的看着，就似煙霧一樣，所以叫作『軟煙羅』。」（第四十回）

這番品評讓王熙鳳自愧不如，連薛姨媽都說：「別說鳳丫頭沒見，連我也沒聽見過。」由此可見，賈母當管家媳婦的青年時代的見多識廣，王熙鳳怕是比不上的。

賈母到了薛寶釵的屋子，發現屋裏甚麼擺設都沒有，十分素淨，就說：「這孩子也太老實了。」就叫鴛鴦拿來三樣陳設：「石頭盆景兒」「紗桌屏」和「墨煙凍石鼎」，又把青紗帳換成水墨字畫白綾帳子。這樣一來，薛寶釵房間的品位就高多了。

賈母雖然地位尊貴，但心地善良，這點和王熙鳳也不一樣。有一次，賈府的貴婦、小姐去一座道觀拜神。過去社會男女有別，觀裏的道士都是男的，早早都回避了。一個十二三歲的小道士正在剪燈花，沒來得及出去，一頭撞在王熙鳳懷裏。王熙鳳抬手就是一巴掌，眾婆子、媳婦連聲喊：「拿，拿，拿！

打，打，打！」幸虧賈母及時趕來制止：

　　賈母聽說，忙道：「快帶了那孩子來，別唬着他。小
門小戶的孩子，都是嬌生慣養的，那裏見的這個勢派。倘
或唬着他，倒怪可憐見的，他老子娘豈不疼的慌？」（第
二十九回）

於是叫人把小道士帶來，讓他不要怕，還給了他幾百個
錢，讓他買果子吃，還囑咐家人不要叫人難為了他。

賈母年紀大了，喜歡享樂，吃喝穿用無不講究，她為賈
府操勞一生，到了頤養天年，盡享天倫之樂的時刻。正如她
說的：

　　我進了這門子作重孫子媳婦起，到如今我也有了重孫
子媳婦了，連頭帶尾五十四年，憑着大驚大險千奇百怪的
事，也經了些，從沒經過這些事。還不離了我這裏呢！
（第四十七回）

一個寶貴平和、福壽雙全的老太太的形象躍然紙上。

　　賈母經歷過寧榮二公早期創業的年代，雖然上了歲數，卻仍然有一種健朗、剛強的精神在。這一點，是她的不肖子孫們萬萬不及的。所以賈母看上去不管事，卻是整個賈府的精神支柱，只要她健在，眾人心裏就會有依靠，人心就不會散。所以，讓她享福添壽，也是讓整個家族的主心骨不倒塌。

　　高鶚的續書，很好地寫出了賈母的這種精神。當時賈府已經敗落，爵位被革除，全家上下正惶惶不可終日，賈母卻十分沉着，叫人把幾十年積攢的東西拿了出來，一筆筆地分給眾人。賈赦、賈政等人慚愧不已，賈母對他們說：

　　　　你們別打諒我是享得富貴受不得貧窮的人哪，不過這幾年看看你們轟轟烈烈，我落得都不管，說說笑笑養身子罷了，那知道家運一敗直到這樣！若說外頭好看裏頭空虛，是我早知道的了。只是『居移氣，養移體』，一時下不得台來。如今藉此正好收斂，守住這個門頭，不然叫人笑話你。你還不知，只打諒我知道窮了便着急的要死，我心裏是想着祖宗莫大的功勳，無一日不指望你們比祖宗還強，能夠守住也就罷了。誰知他們爺兒兩個做些甚麼勾當！（第一零七回）

這一回叫「散餘資賈母明大義」，這份清醒、冷靜、周密，可以說是感人至深，是後輩們萬萬不及的。

　　然而，賈母畢竟是老了，生命離最後的終點越來越近，所以曹雪芹在書裏經常有各種暗示。比如有一次，王熙鳳生了病，需要用上好的人參。王夫人找不到好的，只好來求賈母。王熙鳳是管家的主力，當然是不能倒下的。賈母連忙找出一大包人參，以及一些不知名的散藥，拿到外面請醫生辨認。

　　一時，周瑞家的又拿了進來說：「這幾包都各包好記上名字了。但這一包人參固然是上好的，如今就連三十換也不能得這樣的了，但年代太陳了。這東西比別的不同，憑是怎樣好的，只過一百年後，便自己就成了灰了。如今這個雖未成灰，然已成了朽糟爛木，也無性力的了。請太太收了這個，倒不拘粗細，好歹再換些新的倒好。」王夫人聽了，低頭不語……（第七十七回）

　　這段細讀下來，其實是很令人悲哀的。正好是一個比喻：賈母的人參，當然是上好的，但時間太久，過了「保質期」，老了，藥效就沒有了。那麼，賈母的命運，是不是也是這樣呢？

為孩子解讀《紅樓夢》

　　整個賈府，是不是也是這樣呢？

　　所以，賈母雖然明大局，識大體，但因為年事已高，卻也無法扭轉家族的頹勢。因為曹雪芹原著只有前八十回，我們不知道按他的設計，賈母在有生之年有沒有看到賈家「忽喇喇似大廈傾」的衰落和覆亡。如果真的看到了，恐怕這是她福壽雙全的一生最大的不幸吧！

襲人和晴雯有甚麼關係？

　　曹雪芹寫人物，特別喜歡用一種方法，就是「對比」。

　　他寫一個真誠純潔的林黛玉，就一定寫一個老成穩重的薛寶釵；賈母的兩個兒子，有一個好色荒淫的賈赦，又有一個端方正派的賈政；榮國府的孫媳婦裏，有了一個潑辣幹練的王熙鳳，就有一個沉默温順的李紈。

　　甚至上下連接的兩個故事，也經常用對比的方法。剛寫了元春風風光光地榮升貴妃，立即就寫秦鐘淒淒慘慘地命歸黃泉；剛寫了寶釵歡快地撲蝶，立即接着寫黛玉傷心地葬花。

　　甚至大觀園和榮寧二府也是一種對比。榮寧二府是中規中矩的公府，堂皇、規整、大氣；而府後的大觀園，卻完全是一派園林風光，流水曲折，花木掩映。這似乎暗示我們，越是賈府這樣的「鐘鳴鼎食之家」，越需要一方自由、率真的天地。

　　對比是一種非常中國式的藝術手法。中國傳統文化很講究對比：天玄地黃，金烏玉兔，山高水深，龍飛鳳舞⋯⋯「雲對雨，雪對風，晚照對晴空」，「白馬秋風塞上」對「杏花春雨江南」，中國傳統文化裏充滿了一組組對比的意象。單一的形象總是單薄的，一有了對比，就立即活躍豐滿起來。

　　所以，對比這種高明的手法，曹雪芹不惜在書裏一用再用。哪怕是地位低一層的僕人裏，他也很喜歡這樣寫。其中最明顯的，就是襲人和晴雯。

　　襲人和晴雯都是寶玉的大丫頭。寶玉身邊的丫頭有十幾個，但地位最高的是四個：襲人、晴雯、麝月、秋紋。襲人和晴雯又位居四大丫頭之首，在書裏的戲份幾乎平分秋色。而兩個人的表現，卻完全不一樣。

　　襲人原來是賈母的丫頭，後來賈母給了寶玉。襲人的特點，是「伏侍賈母時，心中眼中只有一個賈母。如今服侍寶玉，心中眼中又只有一個寶玉」，所以很快成了寶玉身邊最得力的僕人，甚至可以說充當了半個母親的角色。她照顧寶玉的周到、細緻，由下面這個細節可見一斑。寶玉每天晚上睡前，襲人會「伸手從他項上摘下那通靈玉來，用自己的手帕包好，塞在褥下，次日帶時便冰不着脖子」。

又比如寶玉要去學堂唸書，襲人提前包好了大毛衣服，叫人先拿出去；腳爐、手爐的炭也準備好，也叫人拿出去；然後再安排寶玉的文具：

> 至是日一早，寶玉起來時，襲人早已把書筆文物包好，收拾的停停妥妥，坐在牀沿上發悶。見寶玉醒來，只得伏侍他梳洗。寶玉見他悶悶的，因笑問道：「好姐姐，你怎麼又不自在了？難道怪我上學去丟的你們冷清了不成？」襲人笑道：「這是那裏話。讀書是極好的事，不然就潦倒一輩子，終久怎麼樣呢……」（第九回）

說完，又囑咐了寶玉許多在學堂裏要注意的事，不要玩鬧，要保重身體，還催他去給賈母、賈政、王夫人請安。這番話，是多麼溫暖，多麼細緻入微。

然而最妙的是，曹雪芹寫活了襲人的狀態：寶玉要去上學，襲人竟然「坐在牀沿上發悶」。似乎身邊沒有了需要照顧的寶玉，她就空空落落的，不知道幹甚麼好了。一個人的生命，完全維繫在照顧另一個人上，不知道這算不算一種不幸呢？

而晴雯是甚麼性格呢？有一次，天氣很冷，寶玉寫了幾個

字，叫晴雯貼在門上。結果寶玉一回來，晴雯就迎上來抱怨：

> 只見筆墨在案，晴雯先接出來，笑說道：「好，好，要我研了那些墨，早起高興，只寫了三個字，丟下筆就走了，哄的我們等了一日。快來與我寫完這些墨才罷！」寶玉忽然想起早起的事來，因笑道：「我寫的那三個字在那裏呢？」晴雯笑道：「這個人可醉了。你頭裏過那府裏去，囑咐貼在這門斗上，這會子又這麼問。我生怕別人貼壞了，我親自爬高上梯的貼上，這會子還凍的手僵冷的呢。」

（第八回）

晴雯心直口快，她覺得寶玉給她「放鴿子」，她就會直接抱怨，全然不顧寶玉是她服侍的主人。這些直截了當的話，襲人是不可能說出來的。襲人看寶玉，就是奴僕看主子，而晴雯雖然地位卑賤，天性裏始終有一種平等精神。

襲人沒有甚麼特別的本領，伺候寶玉就是她的本領。她的另一個特點就是肯委屈自己，以化解矛盾，息事寧人。寶玉賭氣摔了茶杯，襲人就說是她自己打壞的，好在賈母那裏掩飾過去；寶玉給襲人留了一碗奶酪，被他的乳母李嬤嬤吃了，襲人

連忙表示「她吃了倒好」，「前兒我吃的時候好吃，吃過了好肚子疼」。襲人就是這樣，永遠不得罪人，永遠維持平和的局面。

晴雯卻心高氣傲，她有本領，會做女紅，針織刺繡的本事在眾丫頭裏排第一。寶玉有一次穿了一件名貴的「雀金裘」，不想被炭火燒了一個洞，問遍了全城的裁縫、女工，沒人認得是甚麼衣服，也沒人會補。晴雯當時正病着，熬了一個通宵，終於替寶玉補好了。這個故事就叫「勇晴雯病補雀金裘」。

晴雯最著名的一件事，就是「晴雯撕扇」。這件事的起因，是寶玉心情不好，恰巧晴雯給寶玉換衣服時，失手把他的扇子摔壞了。寶玉就訓斥了她幾句，晴雯不甘示弱，立即還嘴。兩人大吵了一場，直到晚上，晴雯還在賭氣，不理寶玉。寶玉就想法和解：

> 寶玉笑道：「你愛打就打，這些東西原不過是借人所用，你愛這樣，我愛那樣，各自性情不同。比如那扇子原是扇的，你要撕着玩也可以使得，只是不可生氣時拿他出氣。就如杯盤，原是盛東西的，你喜聽那一聲響，就故意的碎了也可以使得，只是別在生氣時拿他出氣。這就是愛物了。」晴雯聽了，笑道：「既這麼說，你就拿了扇子來我

《晴雯撕扇》

撕。我最喜歡撕的。」寶玉聽了，便笑着遞與他。晴雯果
然接過來，嗤的一聲，撕了兩半，接着嗤嗤又聽幾聲。寶
玉在旁笑着說：「響的好，再撕響些！」（第三十一回）

你如果細心的話，就會發現，這裏晴雯的表現，很有點像
林黛玉。襲人和晴雯，是寶玉身邊最親近的兩個侍女；而寶玉
的生命中最重要的兩個少女，是黛玉和寶釵。晴雯很像黛玉，
襲人很像寶釵。或者說，她倆可以看作寶釵和黛玉在怡紅院的
投影。這就是紅學家們常說的「晴為黛影，襲為釵副」。

寶釵很有城府，但是在外面並不表現出來。「罕言寡語，
人謂藏愚；安分隨時，自云守拙」，這恰恰也是襲人的性格。
王夫人在賈母面前這樣稱讚襲人：

　　若說沉重知大禮，莫若襲人第一。……況且行事大方，
心地老實，這幾年來，從未逢迎着寶玉淘氣。（第七十八回）

寶釵喜歡勸寶玉讀書，考功名，盡快融入外面的社會。襲
人也是如此。她這樣勸寶玉：

　　你真喜讀書也罷，假喜也罷，只是在老爺跟前或在別

197

　　人跟前，你別只管批駁誚謗，只作出個喜讀書的樣子來，也教老爺少生些氣，在人前也好說嘴。（第十九回）

　　不但這樣，襲人還經常跑到王夫人那裏，匯報寶玉的狀況。所以王夫人很喜歡襲人，稟告了賈母，將她大丫頭每月一兩的月錢停了，改成每個月二兩，這相當於賈府裏妾的待遇，和趙姨娘、周姨娘相同。這就等於王夫人認可了襲人妾的身份，只等寶玉長大一點後公開了。

　　至於「晴為黛影」，有這樣一個故事。有一次，寶玉屋裏的丫頭們談論起主子的賞賜來。秋紋得了賈母幾百錢和王夫人幾件衣服，十分高興，說「這可是再想不到的福氣」，立即受到了晴雯的嘲笑：

　　晴雯笑道：「呸！沒見世面的小蹄子！那是把好的給了人，挑剩下的才給你，你還充有臉呢。」秋紋道：「憑他給誰剩的，到底是太太的恩典。」晴雯道：「要是我，我就不要。若是給別人剩下的給我，也罷了。一樣這屋裏的人，難道誰又比誰高貴些？把好的給他，剩下的才給我，我寧可不要，衝撞了太太，我也不受這口軟氣。」（第三十七回）

這段話，如果和前文提到的黛玉不要宮花那件事對比一下，很明顯可以看出，這兩段故事就像一個模子裏刻出來的。

書裏還明確寫過，晴雯長得有點像黛玉：

> 王夫人聽了這話，猛然觸動往事，便問鳳姐道：「上次我們跟了老太太進園逛去，有一個水蛇腰、削肩膀、眉眼又有些像你林妹妹的，正在那裏罵小丫頭。我的心裏很看不上那個輕狂樣子……（第七十四回）

王夫人說的這個人就是晴雯。從這段話裏，不但可以看出王夫人不喜歡晴雯，連林妹妹都是不喜歡的。不然的話，她不會拿黛玉和晴雯比較。

這件事發展到最後，就是王夫人的一次大發作。她聽說寶玉的丫頭平時經常和他開玩笑，生怕這些人把寶玉帶壞了，就來到怡紅院，查點寶玉的丫頭，把和寶玉開過玩笑的人都攆了出去，如四兒、芳官等。四兒被攆的原因，是因為她和寶玉同一天生日，說過一句玩笑話「同生日的是夫妻」。晴雯正在生病，也因為長得漂亮，不服管，被從牀上強拖下來，攆了出去。晴雯受不了這個折磨，到家之後，很快就死了，年僅十六歲。

為孩子解讀《紅樓夢》

這件事讓寶玉傷心了很久。晴雯的死，其實是林黛玉之死的前奏。這件事預示着，賈府掌左右寶玉婚事的家長們，如王夫人等的心態，開始向不利於黛玉的方向傾斜了。

晴雯之死，還給我們留下了一個疑團，那就是王夫人來攆四兒、芳官等，自然是緣於有人告密。因為王夫人攆她們的理由，都是一些平時說的玩笑話。而說這些玩笑話時，只有寶玉和眾丫頭在場。王夫人卻對眾丫頭說：

> 打諒我隔的遠，都不知道呢。可知道我身子雖不大來，我的心耳神意時時都在這裏。難道我通共一個寶玉，就白放心憑你們勾引壞了不成！（第七十七回）

但是，這個告密者是誰，以及這個告密者是不是也做了對晴雯不利的事，書裏並沒有提到。有些人懷疑是襲人，甚至故事裏，寶玉也懷疑是襲人：

> 寶玉道：「這也罷了。咱們私自頑話怎麼也知道了？又沒外人走風的，這可奇怪……
>
> 「怎麼人人的不是太太都知道，單不挑出你和麝月秋

200

紋來？……

「你是頭一個出了名的至善至賢之人，他兩個又是你陶冶教育的，焉得還有孟浪該罰之處！」（第七十七回）

從此，寶玉和襲人的關係就漸漸疏遠了。直到曹雪芹的前八十回結束，也沒有揭示謎底，或許我們永遠不會知道了。

但是曹雪芹本人對襲人和晴雯的態度是甚麼樣，卻是可以從書中看出來的。賈寶玉在第五回夢遊太虛幻境時，看到了「金陵十二釵又副冊」的判詞，第一個人就是晴雯，畫着「水墨瀇染的滿紙烏雲濁霧」，判詞是：

霽月難逢，彩雲易散。

心比天高，身為下賤。

風流靈巧招人怨。

壽夭多因毀謗生，多情公子空牽念。（第五回）

第二個就是襲人，「畫着一簇鮮花、一牀破席」，判詞是：

枉自溫柔和順，空云似桂如蘭；

堪羨優伶有福，誰知公子無緣。（第五回）

　　這個順序很有意思，因為寶玉身邊的丫頭裏，襲人年紀最大，地位最高，所有的人，包括晴雯，都得聽她的分派。甚至賈母、王夫人等都已經默認她是寶玉未來的妾。襲人甚至還和寶玉說過「那晴雯是個甚麼東西，就費這樣心思，比出這些正經人來！還有一說，他縱好，也滅不過我的次序去」。顯然是以寶玉丫鬟中的第一自居。但是奇妙的是，「又副冊」反倒把晴雯排在第一，襲人排在第二，而且畫了一牀「破席」（「席」諧音「襲」），還在「溫柔和順」「似桂如蘭」前面加上「枉自」和「空云」。這似乎說明，曹雪芹其實是對襲人頗有微詞了，她的結局，應該也不會太好。

為甚麼說劉姥姥是真正高貴的人？

你即使沒有看過《紅樓夢》，也應該聽說過一句俗語，一個人突然進入到完全陌生的地方，身邊有各種新鮮東西，看得眼花繚亂，應接不暇，就可以叫「劉姥姥進大觀園」。

劉姥姥絕對是《紅樓夢》裏的另類人物，她是個貧窮的鄉下老太太，姓甚麼，叫甚麼，我們一概不知道。你可能會說，她有名字啊，不是叫「劉姥姥」嗎？不是的，人們喊她「姥姥」，是跟着她外孫板兒喊的；你可能又會說，她有姓啊，不是姓劉嗎？其實也不是的。她之所以能跑到賈府去認親戚，是因為她女婿王狗兒的祖上曾經當過一個小官，和王夫人的父親（也就是王熙鳳的祖父）認識，因為貪圖王家的勢力，就主動跑過去認了親戚。王狗兒一家後來家道衰落，王狗兒就在城外村裏務農，妻子劉氏，生了兩個孩子，女兒叫青兒，兒子叫

板兒。劉姥姥就是王狗兒的岳母，青兒、板兒的姥姥。她之所以叫「劉姥姥」，是因為夫家姓劉，她自己姓甚麼，我們並不知道。

可是就這樣一個沒名沒姓的鄉下老太太，居然進了三次賈府。而且就因為進了幾回賈府，她在書中知名度非常高。知道《紅樓夢》的人，也許未必知道裏面哪個小姐叫甚麼名字，但一定知道有個劉姥姥。

劉姥姥進賈府，給人的第一印象，像個小丑。她甚麼都不認得，甚麼都覺得新鮮，所以鬧了不少笑話。大家喜歡劉姥姥，首先是喜歡看她鬧笑話。

劉姥姥第一次進賈府，就在王熙鳳屋裏見了無數「耀眼爭光」的東西，看都看不過來，只知道咂嘴唸佛。忽然又見到柱子上掛着一個神奇的東西：

> 劉姥姥只聽見咯當咯當的響聲，大有似乎打籮櫃篩麵的一般，不免東瞧西望的。忽見堂屋中柱子上掛着一個匣子，底下又墜着一個秤砣般一物，卻不住的亂幌。劉姥姥心中想着：「這是甚麼愛物兒？有甚用呢？」正呆時，只聽得當的一聲，又若金鐘銅磬一般，不防倒唬的一展眼。

接着又是一連八九下。（第六回）

這個掛着秤砣的神奇東西，就是從歐洲傳過來的大掛鐘，秤砣就是鐘擺。《紅樓夢》產生的時代是清代中期，西洋掛鐘在富貴人家並不是稀罕玩意兒，但在劉姥姥眼裏，就是個「掛着秤砣的匣子」了。

劉姥姥第一次來賈府，求爺爺告奶奶地央告了一回，王熙鳳給了她二十兩銀子（相當於今天五千元到一萬元之間）。這筆錢大概能讓他們全家生活一年。第二次劉姥姥又來賈府，王熙鳳就領她見了賈母。賈母正少個聊天的同齡人，兩人聊得十分開心。賈母一高興，就在大觀園大擺宴席，還把劉姥姥帶去一同遊賞。

劉姥姥在大觀園出盡了洋相，她見了「省親別墅」的牌坊，以為是個大廟，趕緊趴下磕頭。旁人大笑，問她：「你認得這是個甚麼廟？」劉姥姥指着字說：「這不是『玉皇寶殿』四個字？」這時候，劉姥姥肚子裏一陣響，就要蹲下拉屎。小丫頭慌忙把她拉起來，帶她去廁所了。

等她上完廁所出來，轉來轉去迷了路，來到寶玉住的怡紅院裏，只看得眼花繚亂。不想前面有一面大玻璃鏡，裏面也

205

有一個老太太。她就認作自己的親家母，還向鏡子裏的人打招呼，可那老太太並不理睬。劉姥姥轉過鏡子，看見一張精緻的牀。她喝多了，就睡在上面，鼾聲如雷，放了一屋子的臭屁。幸虧襲人趕來，才把她叫醒拽走。

劉姥姥二進賈府時，兩邊都熟悉了些，王熙鳳和鴛鴦就算計着拿她取笑。鴛鴦故意把她拉過來，悄悄地告訴她：「這是我們家的規矩，若錯了我們就笑話呢。」那麼，鴛鴦到底囑咐了甚麼呢？等到開飯的時候才見分曉：

只見一個媳婦端了一個盒子站在當地，一個丫鬟上來揭去盒蓋，裏面盛着兩碗菜。李紈端了一碗放在賈母桌上。鳳姐兒偏揀了一碗鴿子蛋放在劉姥姥桌上。賈母這邊說聲「請」，劉姥姥便站起身來，高聲說道：「老劉，老劉，食量大似牛，吃一個老母豬不抬頭。」自己卻鼓着腮不語。

眾人先是發怔，後來一聽，上上下下都哈哈的大笑起來。史湘雲撐不住，一口飯都噴了出來；林黛玉笑岔了氣，伏着桌子嗳喲；寶玉早滾到賈母懷裏，賈母笑的摟着寶玉叫「心肝」；王夫人笑的用手指着鳳姐兒，只說不出話來；

薛姨媽也撐不住，口裏茶噴了探春一裙子；探春手裏的飯碗都合在迎春身上；惜春離了坐位，拉着他奶母叫揉一揉腸子。地下的無一個不彎腰屈背，也有躲出去蹲着笑去的，也有忍着笑上來替他姊妹換衣裳的，獨有鳳姐鴛鴦二人撐着，還只管讓劉姥姥。（第四十回）

這場笑也是《紅樓夢》裏著名的段落。劉姥姥成功地扮演了一個「諧星」，把王熙鳳、鴛鴦哄賈母開心的任務完成了，沒讓她們失望。

但如果你說劉姥姥是因為沒見過世面，所以犯傻，被人戲弄，就太天真了。老實說，王熙鳳、鴛鴦這樣拿鄉下人取笑，是很不禮貌的，但是劉姥姥並沒有介意。事後王熙鳳和鴛鴦來跟她道歉，其實她早就懂了：

鳳姐兒忙笑道：「你可別多心，才剛不過大家取笑兒。」一言未了，鴛鴦也進來笑道：「姥姥別惱，我給你老人家賠個不是。」劉姥姥笑道：「姑娘說那裏話，咱們哄着老太太開個心兒，可有甚麼惱的！你先囑咐我，我就明白了，不過大家取個笑兒。我要心裏惱，也就不說了。」（第四十回）

　　所以，劉姥姥其實是智慧的。她在賈府鬧的笑話，一半是真的沒見過世面，一半也是故意藉莊稼人的身份博大家一笑，主動扮演「小丑」。所以，她見了賈母，就說些神佛送子的吉祥故事；見了寶玉，就編年輕小姐抽柴烤火的故事。在大觀園裏，有人捧上一盤鮮花，王熙鳳就把一盤子花橫三豎四地插了劉姥姥一頭。賈母等人大笑起來，有人說：「你還不拔下來摔到她臉上呢，把你打扮得成了個老妖精了。」劉姥姥卻笑道：「我雖然老了，年輕時也風流，愛個花兒粉兒的，今兒老風流才好。」甚至她把牌坊認作大廟，解衣就要隨地大小便，恐怕也是半真半假，故意裝瘋賣傻。這樣一來，果然引起了賈府上下各色人等的興趣，大家都喜歡上了這位自帶喜感的人物。

　　王熙鳳等人雖然戲弄了劉姥姥，卻也依然按禮數給了她東西。賈母、王夫人、寶玉、鴛鴦、平兒也都送了東西，足足堆了半炕，有青紗、月白紗、綢子、宮裏的點心、果子、一大堆新衣服、各種藥品。還有一百多兩銀子（相當於今天的幾萬元），這筆錢足夠劉姥姥做個小本買賣，或者置幾畝地了。

　　不過，你可以想想，如果你也有姥姥、奶奶，一位七八十歲的老太太，為了一大家子的生計，要跑到豪門去裝瘋賣傻，

不知是可敬，可笑，還是心酸。總之，賈府得到了他們想要的，書裏沒說他們是強迫；劉姥姥也得到了她想要的，書裏也沒說她是強忍。雙方都不是壞人，都玩得其樂融融：賈母玩得高興了，王熙鳳哄賈母開心的目的達到了，劉姥姥拿着錢走人了，雙方的關係還更親密了。這也許是讓人寬慰的地方，或許也是最讓人傷心的地方，是我們能從《紅樓夢》中體察到深刻世情人性的地方。

其次，劉姥姥給我們帶來的，還是一個全新的視角。賈府是富貴的，她是窮困的；賈府是精緻的，她是粗陋的；賈府是纖弱的，她卻是頑強的。這其實是在告訴我們，榮華富貴當然是人人羨慕的，但是還應該用別的眼光來看。

劉姥姥第二次來賈府，正好遇上螃蟹宴，眾小姐剛寫完詩。這場宴會加詩會搞得很熱鬧，賈母等人吃得很高興，林黛玉也奪得了菊花詩的魁首。一切都是那樣的高雅、精緻，然而這件事在劉姥姥眼裏是這樣的：

　　　　這樣螃蟹，今年就值五分一斤。十斤五錢，五五二兩五，三五一十五，再搭上酒菜，一共倒有二十多兩銀子。阿彌陀佛！這一頓的錢夠我們莊家人過一年了。（第三十九回）

　　賈府一頓飯錢，夠莊稼人過一年，這就是階層的落差。當然，你可以理解為曹雪芹對窮人的同情，對富貴生活的鞭撻或懺悔。但這在當時，就是活生生的現實。

　　然而劉姥姥對賈府的作用，遠遠不止於此。她受了賈府兩次接濟，過上小康生活之後，第一沒有貪得無厭地再去討要，第二也沒有覺得「吃大戶」理所應當，而是把這件事銘記在心，真的把賈家當成了親人。賈府敗落之後，她知恩圖報，真真正正為賈家伸出了援手，救了王熙鳳的女兒巧姐。這種人性中的高貴，已經超越了階層，讓我們更加認識到劉姥姥的光彩。

　　原來，劉姥姥第二次進賈府時，王熙鳳請她給獨生女兒起個名字。古代人迷信，認為窮苦人「命硬」，給孩子取的名字「壓得住」。劉姥姥就給王熙鳳的女兒取名「巧姐」。

　　這件事讓劉姥姥和巧姐結下了不解之緣，因為第五回「冊子」的判詞裏，對應巧姐的那一頁是：

　　　　後面又是一座荒村野店，有一美人在那裏紡績①。其
　　　判云：

────────
① 紡線。

勢敗休云貴，家亡莫論親。

偶因濟劉氏，巧得遇恩人。（第五回）

這首判詞的意思很明顯：賈府敗落後，巧姐無依無靠，當年王熙鳳偶然資助過的劉姥姥，成了她的救命恩人。

劉姥姥到底怎麼救了巧姐，因為曹雪芹原著丟失，這在紅學研究中成了一椿懸案。按照圖畫的預示，巧姐成了一個普通的農村婦女。現存後四十回續書，說是賈府敗落後，王熙鳳也病重，她把自己的女兒巧姐託付給劉姥姥，賈環和賈薔、賈芸以及巧姐的舅舅王仁合謀，要把巧姐賣給外藩王室做侍妾。劉姥姥連忙把巧姐藏到鄉下，後來又把她嫁給了當地一個財主的兒子。這個少年年僅十四歲就中了秀才，「家財巨萬，良田千頃」，算是結局美滿──但這和「荒村野店」的環境並不吻合。

曹雪芹的原意是甚麼呢？根據一些學者的研究，巧姐似乎是被「狼舅奸兄」（「狼舅」應該是王仁，「奸兄」是誰不清楚）賣到了妓院，最後劉姥姥砸鍋賣鐵，把巧姐贖了出來，和她外孫板兒結了婚。

板兒和巧姐結合，這在劉姥姥二進大觀園的時候，有一個明顯的暗示：

那大姐兒因抱着一個大柚子玩的,忽見板兒抱着一個佛手,便也要佛手。丫鬟哄他取去,大姐兒等不得,便哭了。眾人忙把柚子與了板兒,將板兒的佛手哄過來與他才罷。(第四十一回)

脂硯齋在這裏有一句批語:「小兒常情,遂成千里伏線。」板兒和巧姐互相交換東西的情節,一般認為預示着他們倆長大後成了夫妻。

所以,央視 1987 年版《紅樓夢》電視劇,就是根據這些研究成果安排了巧姐的結局。劉姥姥聽到賈家被抄,立即趕進城裏探監,得知王熙鳳的女兒巧姐被心狠手辣的舅舅賣入妓院。她不顧年老體衰,帶着板兒千里迢迢尋訪到江南,費盡千辛萬苦,總算在一家妓院找到了巧姐,但是又湊不夠替巧姐贖身的銀子。劉姥姥回家賣房賣地(等於把賈府給她的接濟又花了出去),第二次下江南,才將巧姐贖出來。電視劇中有一幕,是劉姥姥在返鄉的車上抱着巧姐,對她說:「乖乖,咱們回家嘍。」這個催人淚下的鏡頭,足以讓劉姥姥散射出高貴的光芒。

《紅樓夢》裏有哪些讓人難忘的小人物？

　　《紅樓夢》這部書，一共寫了四百多個人物，給我們留下深刻印象的主要人物，如寶玉、黛玉、寶釵、賈母、賈政、王夫人等，就有幾十位。但曹雪芹並不是把精力都放在這些主要人物上，那些次要的，甚至地位卑微的小人物，他也絕不放過。有時候幾句話，甚至幾個字，就把這些人寫得活靈活現。

　　有特點的小人物實在太多，我們這裏拿出幾個最有代表性的聊一聊。

　　賈府中的奴僕有好幾百人，絕大多數都低眉順眼，服從主子管轄，然而有一個人例外，就是焦大。

　　焦大是賈府的老僕人，伺候過先代的寧國公和榮國公，而且在戰場上救過兩位公爺的命，年齡可能比賈母還要大些，出場時已經有七、八十歲光景了。書裏說他：

只因他從小兒跟着太爺們出過三四回兵，從死人堆裏把太爺背了出來，得了命；自己挨着餓，卻偷了東西來給主子吃；兩日沒得水，得了半碗水給主子喝，他自己喝馬溺。不過仗着這些功勞情分，有祖宗時都另眼相待，如今誰肯難為他去。他自己又老了，又不顧體面，一味吃酒，吃醉了，無人不罵。（第七回）

焦大絕對是與主人生死與共的忠僕，說他是賈府的創業功臣絕不過分。但是他老了之後，看到賈府的子孫一代不如一代，就喝酒、罵人，因為他資格老，誰也不敢把他怎麼樣。他索性越罵越兇，罵賈府的人是「沒良心的王八羔子」，眾奴僕只好把他拖到馬圈去。結果焦大越發把賈府那些見不得人的事都罵出來：

「我要往祠堂裏哭太爺去。那裏承望到如今生下這些畜牲來！每日家偷狗戲雞，爬灰的爬灰，養小叔子的養小叔子，我甚麼不知道？咱們『胳膊折了往袖子裏藏』！」（第七回）

「爬灰」是「污膝」的隱語，就是「污媳」，指賈珍對兒媳秦可卿做的淫亂之事。眾小廝聽他說出這樣的話來，嚇得魂飛魄散，就把他捆起來，用土和馬糞滿滿地填了他一嘴。

其實焦大這些話，雖然是喝醉了亂罵，卻是很重要的。這些話已經告訴我們，賈府雖然從外面看，仍然不可一世，其實裏面已經開始爛掉了。

雖然焦大把賈府上下罵了個遍，但其實他是最忠心耿耿的僕人。他這樣大的歲數，這樣老的資格，明明可以安心養老，或者像賴二那樣做個有實權的高級僕人，也能當上個財主了，可是他偏不，他的身份是奴才，反倒站在主子的立場，替賈家擔憂。哪知道如此忠心，反倒得了個嘴裏塞滿馬糞的下場，是很耐人尋味的。魯迅先生曾評論焦大：

> 焦大的罵，並非要打倒賈府，倒是要賈府好，不過說主奴如此，賈府就要弄不下去罷了。然而得到的報酬是馬糞。所以這焦大，實在是賈府的屈原，假使他能做文章，我想，恐怕也會有一篇《離騷》之類。（《偽自由書·言論自由的界限》）

　　賈府裏另外一個極有特點的奴僕是林紅玉，因為名字中的「玉」與賈寶玉、林黛玉重了，所以只叫她「小紅」。曹雪芹給人物起的名字中只要帶「玉」字，都特別值得重視，要麼是重要人物，要麼是推動了重要情節。

　　小紅是賈府管家林之孝的女兒，林之孝是賈府的僕人，所以小紅是「家生女兒」——從出生起，就注定了給賈家為奴，除非得到主人特別的恩典。

　　小紅一開始在賈寶玉房中當小丫頭，小丫頭是沒有資格接近寶玉的，只能在後院做些粗活。她很想「往上攀高」，獲得寶玉的好感，提升自己的地位。哪知道寶玉身邊的丫鬟襲人、晴雯、麝月等，一個個「伶牙利爪」的，她根本挨不上邊。終於有一次，寶玉身邊恰好沒人，小紅就瞅空進來，總算給寶玉倒了杯茶。寶玉竟然不認得她——伺候他的丫頭實在是太多了。

　　然而丫頭內部也是等級森嚴的，大丫頭是可以欺負小丫頭的。小紅給寶玉倒茶這件事，就被大丫頭秋紋罵了一通：「沒臉的下流東西！……你也拿鏡子照照，配遞茶遞水不配！」小紅灰心喪氣，再也不敢在寶玉身邊「現弄」。

　　小紅後來得到了攀升的機會，是有一次遇到了王熙鳳。王

熙鳳見她聰明伶俐，說話知趣，就有意派她去辦一件事。小紅去了，妥妥當當地辦好，回來口齒清楚地匯報了一通。這一段，堪稱小紅的「高光時刻」：

> 紅玉上來回道：「平姐姐說，奶奶剛出來了，他就把銀子收了起來，才張材家的來討，當面稱了給他拿去了。」說着將荷包遞了上去，又道：「平姐姐教我回奶奶：才旺兒進來討奶奶的示下，好往那家子去。平姐姐就把那話按着奶奶的主意打發他去了。」鳳姐笑道：「他怎麼按我的主意打發去了？」紅玉道：「平姐姐說：我們奶奶問這裏奶奶好。原是我們二爺不在家，雖然遲了兩天，只管請奶奶放心。等五奶奶好些，我們奶奶還會了五奶奶來瞧奶奶呢。五奶奶前兒打發了人來說，舅奶奶帶了信來了，問奶奶好，還要和這裏的姑奶奶尋兩丸延年神驗萬全丹。若有了，奶奶打發人來，只管送在我們奶奶這裏。明兒有人去，就順路給那邊舅奶奶帶去的。」（第二十七回）

這一堆我們奶奶、這裏奶奶、姑奶奶、舅奶奶、五奶奶……不但我搞不清楚，連在場的李紈都搞不清楚，她問道：

「噯喲喲！這些話我就不懂了。甚麼『奶奶』『爺爺』的一大堆。」鳳姐笑道：「怨不得你不懂，這是四五門子的話呢。」

我上中學時，做過一道語文題，就考的這一段，問題是：「小紅在這段話裏提到了幾位奶奶？」我當時就蒙了，直到現在也還沒搞清楚。

當然，這裏有多少個奶奶並不重要，重要的是，小紅在這次「面試」中得到了王熙鳳的賞識。王熙鳳是個幹練的人，當然喜歡幹練的助手。她一眼相中了小紅，大加稱讚——王熙鳳很少稱讚下人，於是就把小紅提拔到自己身邊，當了心腹丫鬟。

當然，小紅所有的努力，只不過是在奴才的遊戲規則裏，把地位提高了一些，從次一等的奴才升成了高一等的奴才而已。但她的故事，不能說沒有意義。這個故事的動人之處，是小紅的「勵志」，她靠自己的努力和才能，改變了命運。而且，書裏還同時寫了：她靠自己的努力，得到了心上人賈芸的愛情。

根據一些線索，曹雪芹原著中，小紅在賈府末路的時候，可能還是一個相當重要的人物。故事可能是這樣的：賈府被抄，王熙鳳、賈寶玉被囚禁，小紅、賈芸還曾去探望他們。央

視 1987 年版《紅樓夢》電視劇就根據這個線索重新改編了小紅的結局。最後她和賈芸生活在一起，可以說是《紅樓夢》裏仗義而圓滿的人了。

如何評價《紅樓夢》裏的詩詞？

　　故事裏穿插大量詩詞，是我國古代小說一個很明顯的特點。除了《紅樓夢》，「四大名著」其餘三本裏也有很多詩詞。

　　但那三本書裏的詩詞，大多數是故事的點綴。比如孫悟空，打鬥前總要唸一段長詩，誇耀自己的光輝歷史。其實你把這段長詩去掉也不會影響情節。《西遊記》《水滸傳》《三國演義》三部小說，都是來自民間說唱，說書先生總是要講一段、唱一段，吸引觀眾。

　　唯獨《紅樓夢》裏面的詩詞，已經成了故事無法分割的一部分，比如眾姐妹作海棠詩、菊花詩，林黛玉作《葬花吟》，都是完整的故事，與情節進展和人物塑造息息相關。

　　經常有人問我：《紅樓夢》裏的詩詞到底有多好？能不能比上李白、杜甫？這通常是不懂詩的人問的問題。因為《紅樓

夢》不是詩集，故事裏所有的詩詞，都是為人物服務的。這首是黛玉寫的，體現的就是黛玉的性格；這首是寶釵寫的，體現的就是寶釵的性格。而且這一寫必須是一整套，寶、黛、釵、迎、探、惜、湘雲，甚至賈環、賈蘭、賈雨村、元春……全都得給配上，用符合他們的身份、口氣各寫一首詩──要知道，這些詩都是曹雪芹一個人寫的！李白、杜甫的詩雖然好，但他們的任何一首，放在《紅樓夢》裏都是不合適的。或者說，你就算讓李白、杜甫親自來，也未必寫得出符合紅樓人物身份的全套詩詞。

著名藝術家木心先生說過：「《紅樓夢》裏的詩，如水草。取出水，即不好。放在水中，好看」。水草本就該長在水裏，要是撈出來，那不就成乾草了嗎？

《紅樓夢》裏的詩，大概可以分為三種：一種是大家在詩社裏用限定題目寫的詩；第二種是自己抒發情感的作品，比如黛玉的《葬花吟》；第三種是作者替她們寫的判詞（包括曲）。第二種已在講黛玉的章節中提到，第三種也已在講命運的章節中提到，所以這裏只說第一種情況。

詩社其實就是今天的文學社，在詩社裏寫詩，一定是限定題目，寫出來還要評比，一半是訓練，一半也是競賽。明清的

貴族家庭，無論男孩女孩，都受過良好的教育。而當時沒有數理化，培養孩子的文學素養就特別重要。所以即便是十幾歲的少年，也能寫一手好詩。

《紅樓夢》裏第一次開詩社，題目是詠白海棠。這段故事把詩社從結社到比賽、評選的規則都寫得很清楚，所以着重說一下。

每個人進入詩社後，首先要取個好聽的別號。比如黛玉叫「瀟湘妃子」，寶釵叫「蘅蕪君」，因為在詩社裏不叫本名，互相也不稱呼哥哥弟弟、姐姐妹妹。一來，寫詩的時候，如果還叫哥弟姐妹，就顯得不和諧，沒有詩意。所以黛玉說：「先把這些姐妹叔嫂的字樣改了才不俗。」二來，寶釵、黛玉，都是嬰兒時父母就起好的名字，只是個代號。但是「瀟湘妃子」「蘅蕪君」，卻是有了性格之後，自己有權決定的名字，能表達出自己的性格。

取了別號之後，就開始比賽作詩了。比如大家詠白海棠，這是定題，然後還要確定一系列遊戲規則：

> 迎春道：「既如此，待我限韻。」說着，走到書架前抽出一本詩來，隨手一揭，這首竟是一首七言律，遞與眾人

看了，都該作七言律。迎春掩了詩，又向一個小丫頭道：
「你隨口說一個字來。」那丫頭正倚門立着，便說了個
「門」字。迎春笑道：「就是門字韻，『十三元』了。頭一
個韻定要這『門』字。」說着，又要了韻牌匣子過來，抽
出「十三元」一屜，又命那小丫頭隨手拿四塊。那丫頭便
拿了「盆」「魂」「痕」「昏」四塊來。寶玉道：「這『盆』
『門』兩個字不大好作呢！」

　　侍書一樣預備下四份紙筆，便都悄然各自思索起來。
獨黛玉或撫梧桐，或看秋色，或又和丫鬟們嘲笑。迎春又
令丫鬟炷了一支「夢甜香」。原來這「夢甜香」只有三寸來
長，有燈草粗細，以其易燼，故以此燼為限，如香燼未成
便要罰。（第三十七回）

確定題目後，還要「限韻」，就是限定這次的詩要用甚麼
韻腳。小丫頭隨口說一個「門」字，那就限定了，所有人詩的
第一句最後一個字必須是「門」。

「韻牌匣子」是甚麼東西呢？原來古人為了寫詩方便，把
常用字按照相同韻母編在一起，好像一本字典，叫「韻書」。
其中最有名的一部韻書叫《平水韻》。從元明清一直到今天，

人們只要寫舊體詩，就一定要參考《平水韻》。韻牌匣子就是把《平水韻》裏的字一個個地寫在卡片或木牌上，放在盒子裏。

為甚麼「門」屬於「十三元」呢？十三元是《平水韻》裏的一個韻部，這個韻部以「元」字打頭，編號是十三，所以叫十三元。包含的字有：

元、原、源、沅、黿、園、袁、猿、垣、煩、蕃、樊、喧、萱、暄、冤、言、軒、藩、媛、援、轅、番、繁、翻、幡、璠、鴛、鵷、蜿、湲、爰、掀、燔、圈、諼、魂、渾、溫、孫、門、尊、存、敦、墩、燉、暾、蹲、豚、村、屯、囤、盆、奔、論、昏、痕、根、恩、吞、蒠、捫、昆、鯤、坤、侖、婚、閽、髡、鯤、噴、猻、飩、臀、跟、瘟、飧、棔

這裏你可能有些奇怪，為甚麼「元」「原」「蕃」「言」和「門」「尊」「盆」「根」放在一起？明明這兩組字的讀音不一樣啊！其實這些字在上古是押韻的，到隋唐後語音發生了變化，就不押韻了，但是官方規定還是要放在一起，當押韻的字用。

所以你去看湘雲、黛玉中秋節在凹晶溪館聯句，數欄杆是十三根，也是用的「十三元」，有些字今天讀起來是不押韻的。比如第一句是「清遊擬上元」，最後一句卻是「冷月葬花魂」。這個「十三元」給過去考試的書生帶來很多麻煩，所以有「該死十三元」之稱。

　　小丫頭除了說「門」字，還抽了「盆」「魂」「痕」「昏」四個字，所以大家寫詩也必須按順序押這五個字。今天我們也會玩成語接龍遊戲，《中國詩詞大會》火了之後，又流行玩「飛花令」，其實都是非常簡單的詩詞、文字遊戲。古代貴族少男少女，玩的可比今天複雜得多。

　　比如黛玉的詩是：

　　　半捲湘簾半掩門，碾冰為土玉為盆。

　　　偷來梨蕊三分白，借得梅花一縷魂。

　　　月窟仙人縫縞袂，秋閨怨女拭啼痕。

　　　嬌羞默默同誰訴，倦倚西風夜已昏。（第三十七回）

　　寶釵的詩是：

> 珍重芳姿畫掩門，自攜手甕灌苔盆。
>
> 胭脂洗出秋階影，冰雪招來露砌魂。
>
> 淡極始知花更豔，愁多焉得玉無痕。
>
> 欲償白帝憑清潔，不語婷婷日又昏。（第三十七回）

這兩首詩不相上下，李紈評薛寶釵的詩為第一，寶玉是向着黛玉的，有點不服氣，說：「只是蘅瀟二首還要斟酌。」李紈不許他再說話，寶玉只得作罷。

這兩首詩，題目一樣，韻腳一樣，又都寫到了「冰」「雪」「白」「玉」，看起來可能覺得沒甚麼區別，但如果你讀的詩多一些，就會知道，這兩首詩，各自寫了各自的品格、身份，精神氣質是完全不一樣的。比如黛玉的是「嬌羞默默同誰訴，倦倚西風夜已昏」，寶釵的是「珍重芳姿畫掩門」「不語婷婷日又昏」。乍一看，黛玉是「默默」，寶釵是「不語」，都是不說話。但是黛玉的「默默」，是沒有人訴說，所以要「同誰訴」。寶釵的「不語」，是心裏自有主意，沒人猜得透她心裏想甚麼。

大家寫同一盆白海棠，寫出來之後，卻是帶有自己性格的白海棠。或者說，詩中的白海棠，就是每個詩人自己。你從黛玉的詩中，可以看出她的白海棠，是傷感的，希望向人傾訴的，

值得憐惜的。寶釵的白海棠，是自我珍重的，高潔的，卻又是令人捉摸不透、難以接近的。

所以脂硯齋評薛寶釵的這首詩「清潔自厲，不肯作一輕浮語」，李紈評這首為第一，說「有身份」，不是沒有道理的。

大觀園的少年們詠完白海棠後，很快又開了一次詩會，題目是詠菊花。這回是林黛玉奪得了冠軍。白海棠和菊花雖然都是花，但在中國傳統文化裏，不同的花卉，有不同的意義。海棠是登堂入室，供人欣賞的；菊花是竹籬茅舍，自有性情的。海棠像循規蹈矩的入世君子，菊花像藐視規則的出世隱士。所以詠白海棠，注定了薛寶釵要奪冠；詠菊花，注定了林黛玉要奪冠。絕對不能反過來。

故事中的詩詞，還能預示人物的命運。這裏面最有名的，就是大觀園的另一次詩會，大家一起作「柳絮詞」。

春天，空中柳絮飄舞，史湘雲和林黛玉就組織起詩會，讓大家填詞，主題就是詠柳絮。

詞和詩不一樣，詞又叫「長短句」，可以比詩更直白，所以更便於抒發感情。這次詩會很重要，因為每個人作的詞中，都隱喻了各人的命運。比如探春的「也難綰繫也難羈，一任東西南北各分離」，暗示了她的遠嫁。黛玉的「歎今生誰拾誰

收」，暗示了她的孤苦和夭亡。

薛寶釵則不同了，她的詞是一首《臨江仙》，是這樣的：

> 白玉堂前春解舞，東風捲得均勻。蜂團蝶陣亂紛紛。
> 幾曾隨逝水，豈必委芳塵。萬縷千絲終不改，任他隨聚隨分。
> 韶華休笑本無根，好風頻借力，送我上青雲！（第七十回）

這首詞被評為這場詩會的冠軍，因為把柳絮寫活了。柳絮是一種隨風飄蕩的東西，但寶釵說：「我想柳絮原是一件輕薄無根無絆的東西，然依我的主意，偏要把他說好了，才不落套。」一般的詠柳詞，都免不了離愁別緒、感傷身世，但寶釵的《臨江仙》，一開頭就把柳絮放在「白玉堂前」，輕舞飛揚，最後是「好風頻借力，送我上青雲」，洋溢着一種昂揚向上的精神。結合她候選入宮的經歷，她一心向上的心態，以及為此付出的努力，也就展露無遺了。

《紅樓夢》裏的人都玩甚麼遊戲？

　　《紅樓夢》裏的主要人物，多是十幾歲的少年，正是愛玩愛鬧的年紀，所以《紅樓夢》裏寫了許多娛樂活動。

　　古人雖然沒有手機、電腦，但是可玩的遊戲也非常多。除了開詩社這樣的文學活動外，《紅樓夢》裏提到的純粹的娛樂活動，大概可以分為玩具、棋牌、體育等幾種。

　　有一次，周瑞家的給姑娘們送宮花，最後送到黛玉這裏，「誰知此時黛玉不在自己房中，卻在寶玉房中大家解九連環頑呢」。九連環就是一種傳統智力玩具，現在還能買到，而且花樣特別多，用金屬絲製成九個圓環，將圓環套裝在橫板或各式框架上，玩的時候，按照一定的順序反覆操作，就可以把九個圓環一個個地卸下來。這套解法，和今天的二進制原理是相合的。

　　風箏也是一種傳統玩具。有一年春天，大觀園裏少男少女們開完了詩會，就出來放風箏。很有趣的是，曹雪芹寫放風箏，可不簡簡單單地只寫放風箏，而是把人物性格、命運都寫在了裏面。

　　寶玉放的是美人風箏，黛玉放的也是美人風箏，暗示他倆是一對戀人。寶琴放的是大紅蝙蝠，寶釵是一連七個大雁的風箏（一般認為寶琴有福氣，而寶釵會像離群的雁一樣孤獨）。別人的風箏都放起來了，唯獨寶玉的美人放不起來：

　　　　寶玉說丫頭們不會放，自己放了半天，只起房高便落下來了。急的寶玉頭上出汗，眾人又笑。寶玉恨的擲在地下，指着風箏道：「若不是個美人，我一頓腳跺個稀爛。」黛玉笑道：「那是頂線不好，拿出去另使人打了頂線就好了。」寶玉一面使人拿去打頂線，一面又取一個來放。大家都仰面而看，天上這幾個風箏都起在半空中去了。（第七十回）

　　寶玉是男孩，總是性急一些，但因為自己的風箏是個美人，即使急躁，也不捨得踩它。

這次放風箏，探春也出了一個故障：她的風箏是一個鳳凰，不知誰家也放起一個鳳凰風箏逼近來。忽然又來了一個「喜」字風箏，掛着響鞭炮。三隻風箏絞在一起。三下齊收亂頓，線全都斷了，三隻風箏都飛走了。

兩隻配對的鳳凰一般代表婚姻，這段似乎是說，探春會嫁給一位「貴婿」，所以有另一隻鳳凰和一個「喜」字來接近，但結局不太美妙：線扯斷了，風箏不見了。這和她的判詞「千里東風一夢遙」是一樣的，也預示着她遠嫁的命運。

其實曹雪芹本人就是一位風箏大師，他可能寫過一部《南鷂北鳶考工志》，裏面記載了很多紮、糊、繪、放風箏的技術，還有彩繪風箏的圖譜、歌訣等。所以他能寫出這麼詳細的放風箏故事，是毫不意外的。

當時市場上還賣一種小鳥，訓練好了，就會做各種表演。賈薔喜歡唱戲的齡官，就給她買了一個：

> 齡官起身問是甚麼，賈薔道：「買了雀兒你頑，省得天天悶悶的無個開心。我先頑個你看。」說着，便拿些穀子哄的那個雀兒在戲台上亂串，銜鬼臉旗幟。眾女孩子都笑道「有趣」，獨齡官冷笑了兩聲，賭氣仍睡去了。賈薔

還只管陪笑，問他好不好。齡官道：「你們家把好好的人弄了來，關在這牢坑裏學這個勞什子還不算，你這會子又弄個雀兒來，也偏生幹這個。你分明是弄了他來打趣形容我們，還問我好不好。」（第三十六回）

齡官這些女孩子都是賈府買來的，專給府裏唱戲，地位比普通丫頭還低，平時是沒有自由的。偏偏齡官自尊自愛，她看到了銜旗串戲台的小鳥，就想到了自己的處境。賈薔見齡官生氣了，只好把籠子拆了，把鳥放了。而齡官的個性，也在這裏展現出來了。

曹雪芹的家族和清皇室關係很近，所以有很多滿清貴族的習慣。滿族男子，平時一定要學習騎射，曹雪芹的曾祖父曹璽、祖父曹寅，都是能文能武的人。

滿族兒童從小就要進行射箭練習。我們在前文提過，有一次賈寶玉在沁芳溪邊遊玩，忽然看見山坡上兩隻小鹿箭一般地跑下來。原來是賈蘭拿着一副小弓箭在追牠們，說是在「演習騎射」。可見賈府的公子們，從小就開始練習弓箭了。寧國府的賈珍還搞過專門的射箭比賽：

（賈珍）日間以習射為由，請了各世家弟兄及諸富貴親友來較射。因說：「白白的只管亂射，終無裨益，不但不能長進，而且壞了式樣，必須立個罰約，賭個利物，大家才有勉力之心。」因此在天香樓下箭道內立了鵠子，皆約定每日早飯後來射鵠子。……賈赦賈政聽見這般，不知就裏，反說這才是正理，文既誤矣，武事當亦該習，況在武蔭之屬，兩處遂也命賈環、賈琮、寶玉、賈蘭等四人於飯後過來，跟着賈珍習射一回，方許回去。（第七十五回）

「鵠子」就是箭靶。「武蔭」就是子孫因先代有軍功而受封賞，所以子孫平時練習武藝，自然算是和讀書一樣的正事。然而這比賽很快就走了味，因為賈珍把射箭當成了賭博，就成了族中青少年男子的遊樂了。而且賭來賭去，射箭這件事反倒沒人幹了，「公然鬥葉擲骰，放頭開局，夜賭起來」。這件事也埋下了賈府敗落的禍根。品性純淨的寶玉倒是有了些收穫，「大長進了，不但樣式好，而且弓也長了一個力氣」。

賈府還有一種雅俗共賞的遊戲，就是猜燈謎。一般在元宵佳節，每個人都要寫燈謎，貼出來給大家猜，猜不中受罰，猜中了有獎品。出燈謎和猜燈謎，都體現了一個人的文字修養，

而且從遣詞造句中，也能看出這個人的特點和命運。

有一年元宵佳節，元春派太監從宮裏送出一盞燈來，貼着一張燈謎，叫家人猜，別人都猜對了，只有迎春、賈環沒猜着。賈母也來了興致，就叫人做了一架小巧精緻的圍屏燈，叫眾人寫了，貼在上面。這時賈政也來了，他走到燈前看謎語，依次是：

> 能使妖魔膽盡摧，身如束帛氣如雷。
>
> 一聲震得人方恐，回首相看已化灰。（元春）

> 天運人功理不窮，有功無運也難逢。
>
> 因何鎮日紛紛亂，只為陰陽數不同。（迎春）

> 階下兒童仰面時，清明妝點最堪宜。
>
> 游絲一斷渾無力，莫向東風怨別離。（探春）

> 前身色相總無成，不聽菱歌聽佛經。
>
> 莫道此生沉黑海，性中自有大光明。（惜春）
>
> （第二十二回）

這幾個燈謎都不難猜，賈政很快猜到了：元春的謎底是爆竹，迎春的是算盤，探春的是風箏，惜春的是佛前海燈。賈政有些不高興，心中想道：

> 娘娘所作爆竹，此乃一響而散之物。迎春所作算盤，是打動亂如麻。探春所作風箏，乃飄飄浮蕩之物。惜春所作海燈，一發清淨孤獨。今乃上元佳節，如何皆作此不祥之物為戲耶？（第二十二回）

於是賈政越想越不高興，賈母見他心緒不寧，就讓他回去休息了。這四首謎語，就像太虛幻境的判詞一樣，預示了「四春」的悲劇命運。果然，元春升為賢德妃後，正在鼎盛之時突然去世，就像爆竹一樣，震響了一聲，就消失不見了；迎春就像算盤珠一樣，任人撥弄；探春就像風箏一樣遠嫁，一去不回；惜春最後出家，與青燈古佛相伴一生。

古人還喜歡在酒桌上玩遊戲，叫酒令。《紅樓夢》裏寫了好幾次酒令。酒令一般是按一定的規則，說一句詩詞、俗語，或唱一支曲子，說錯了罰酒。當然也有簡單的，就是搖花名。玩法是用三個骰子，擲出一定的點數，然後根據點數，從自己

開始去數在座的人（點數多於人數則再數一輪或幾輪），數到的抽簽。每支簽上都寫着一句判詞，以及喝酒的規則。

一次賈寶玉過生日，就玩了這個遊戲，遊戲從晴雯開始：

晴雯拿了一個竹雕的簽筒來，裏面裝着象牙花名簽子，搖了一搖，放在當中。又取過骰子來，盛在盒內，搖了一搖，揭開一看，裏面是五點，數至寶釵。寶釵便笑道：「我先抓，不知抓出個甚麼來。」說着，將筒搖了一搖，伸手掣出一根，大家一看，只見簽上畫着一支牡丹，題着「豔冠群芳」四字，下面又有鐫的小字，一句唐詩，道是：

任是無情也動人。

又注着：「在席共賀一杯，此為群芳之冠，隨意命人，不拘詩詞雅謔，道一則以侑酒。」（第六十三回）

於是眾人都向薛寶釵敬了一杯酒。寶釵又擲骰子，數到探春。探春抽完，又到李紈……行過幾輪，在場許多人都抽到了簽。按畫的花卉、簽名、題詩、注文上的規則依次是：

探春：杏花｜瑤池仙品｜日邊紅杏倚雲栽｜得此簽者，必得

貴婿，大家恭賀一杯，共同飲一杯

李紈：老梅｜霜曉寒姿｜竹籬茅舍自甘心｜自飲一杯，下家
　　　擲骰

湘雲：海棠｜香夢沉酣｜只恐夜深花睡去｜既云「香夢沉酣」，
　　　掣此簽者不便飲酒，只令上下二家各飲一杯

黛玉：芙蓉｜風露清愁｜莫怨東風當自嗟｜自飲一杯，牡丹
　　　陪飲一杯

　　這種抽籤，正像是抽取自己的命運。所以寶釵抽出了一個
「任是無情也動人」，這句話我們已經在前文寫寶釵那節解釋
過。後面每個人抽的，也正符合她們的身份。

　　探春抽的是「日邊紅杏倚雲栽」，意味着她這朵「花」要
「種」到很遠的地方，而且丈夫非同尋常。所以眾人打趣她：
「我們家已有了個王妃，難道你也是王妃不成。大喜，大喜。」
飲酒規則是大家恭賀一杯，共同飲一杯。

　　李紈抽到的老梅，判詞是「竹籬茅舍自甘心」，也正好符
合她的身份。她是寡婦，「心如死灰」，而且規則也是「自飲一
杯，下家擲骰」。所以李紈說：「真有趣，你們擲去罷。我只自
吃一杯，不問你們的廢與興。」

此外，湘雲的「香夢沉酣」，黛玉的「風露清愁」，也正好符合她們的性格。黛玉的籤還要求「牡丹陪飲一杯」，正好是薛寶釵抽到了牡丹，於是和黛玉一起喝了一杯。這豈不正好暗示着寶釵是黛玉的對比嗎？

另外，《紅樓夢》裏的娛樂活動還有很多，光酒令就有好幾種，還有圍棋、打牌、秋千、雙陸（一種棋類）。但是你會發現，作者寫這些娛樂活動，並不僅僅是簡單的玩耍，而一定有多重目的。要麼寫人物的性格，要麼預示人物的命運，要麼推動故事向前發展。這正是《紅樓夢》的精妙之處，也是讓我們沉浸其中，覺得奧妙無窮的地方。

《紅樓夢》裏有哪些美食？

　　「四大家族」都是豪門貴族，吃喝當然相當講究。但是到底怎麼講究，如果從來沒見過，一般人只能說「吃的是山珍海味，喝的是玉液瓊漿」這樣的套話。實在想像不出來，就拿自己的生活經驗去硬套。所以有一齣山東戲唱包公：「聽說那老包要出京，忙壞了東宮和西宮。東宮娘娘烙大餅，西宮娘娘剝大蔥。」在老百姓的心目中，皇宮裏最好的美食，可能也就是大餅捲大蔥。

　　曹雪芹當然經歷過（或者懂得）貴族的生活，他寫美食，就和普通作者完全不同。但是，他絕不是在書裏硬塞飲食知識（如果硬塞的話，普通作者查查工具書也能做到），而就像他寫服裝、建築、詩詞、遊戲一樣，美食成了故事的組成部分。隨隨便便一盤菜、一碗湯，既向我們展示了豪門飲食是甚麼樣

的，又有實際用途：要麼用來推進故事，要麼用來展現人物。

曹雪芹寫過一道著名的湯，叫「蓮葉羹」。原來寶玉挨打之後，在屋裏調養，王夫人問他想吃甚麼，寶玉就說有一回吃過的「小荷葉兒小蓮蓬兒的湯」還不錯，賈母連忙「一疊聲的叫人做去」。但是要做這湯需要四副模子，鳳姐不記得收在哪裏了。找了一圈，才有管金銀器皿的送了來。

這蓮葉羹是甚麼做出來的呢？原來是用湯模子印出各種樣式的麵花，再用荷葉和好湯熬出來：

> 薛姨媽先接過來瞧時，原來是個小匣子，裏面裝着四副銀模子，都有一尺多長，一寸見方，上面鑿着有豆子大小，也有菊花的，也有梅花的，也有蓮蓬的，也有菱角的，共有三四十樣，打的十分精巧。因笑向賈母王夫人道：「你們府上也都想絕了，吃碗湯還有這些樣子。若不說出來，我見這個也不認得這是作甚麼用的。」鳳姐兒也不等人說話，便笑道：「姑媽那裏曉得，這是舊年備膳，他們想的法兒。不知弄些甚麼麵印出來，借點新荷葉的清香，全仗着好湯，究竟沒意思，誰家常吃他了。那一回呈樣的作了一回，他今日怎麼想起來了。」（第三十五回）

我們在前文提到過「白玉釧親嚐蓮葉羹」的故事。寶玉被燙手的那碗湯，就是這樣做出來的。這碗湯引發了兩個婆子對寶玉的討論，而那段討論，是書中概括寶玉性格的最重要的一段話。

然而這碗湯的作用還不止這些。王熙鳳找到湯模子之後，就吩咐廚房裏一下子做出十來碗來給大家吃。賈母笑道：「猴兒，把你乖的！拿着官中的錢你做人。」王熙鳳趕緊解釋說是自己花錢請大家吃，並聲明要廚房到自己賬上領銀子。

這個小小的交鋒引發了大家對「嘴巧是不是就可疼」的討論，寶玉想引逗賈母稱讚黛玉，就說：「若是單是會說話的就可疼，這些姊妹裏頭也只是鳳姐姐和林妹妹可疼了。」哪知賈母反而說道：「提起姊妹，不是我當着姨太太（薛姨媽）的面奉承，千真萬真，從我們家四個女孩兒算起，全不如寶丫頭。」

這件事大出寶玉意外，因為這個時候，他和黛玉的感情又深了一層，哪知賈母竟然放過了黛玉不提，卻稱讚起寶釵來。賈母地位尊崇，對人的評價，一定是極有分量的。所以她的態度對寶玉的婚姻很重要。

所以，「蓮葉羹」雖然看上去是寫美食，其實仍然是寫故事，寫人物。「蓮葉羹」不僅僅是一道製作煩瑣的湯，更是一

件串聯故事的重要道具。通過做湯、喝湯這幾件事，就把王熙鳳和寶玉的性格，寶、黛、釵的關係，賈母的態度等重要內容交織到了一起，甚至還故意給我們設置了一些謎團。

賈母帶着劉姥姥遊大觀園的時候，宴席上有一道菜叫「茄鯗」。王熙鳳夾了一塊，送到劉姥姥嘴裏。劉姥姥嚐了嚐，卻堅決不信這是茄子做的：

> 劉姥姥笑道：「別哄我了，茄子跑出這個味兒來了，我們也不用種糧食，只種茄子了。」眾人笑道：「真是茄子，我們再不哄你。」……
>
> 劉姥姥細嚼了半日，笑道：「雖有一點茄子香，只是還不像是茄子。告訴我是個甚麼法子弄的，我也弄着吃去。」鳳姐兒笑道：「這也不難。你把才下來的茄子把皮劉了，只要淨肉，切成碎釘子，用雞油炸了，再用雞脯子肉並香菌、新筍、蘑菇，五香腐乾，各色乾果子，俱切成釘子，用雞湯煨了，將香油一收，外加糟油一拌，盛在瓷罐子裏封嚴，要吃時拿出來，用炒的雞瓜一拌就是。」劉姥姥聽了，搖頭吐舌說道：「我的佛祖！倒得十來隻雞來配他，怪道這個味兒！」（第四十一回）

很多人認為，「茄鯗」其實是半虛半實的。因為很難說曹雪芹在寫到這道菜的時候，態度究竟是欣賞還是感歎。它無非為了體現賈府是如何豪貴，是如何煩瑣講究，不惜用十來隻雞去配一個茄子。然而這種講究也適得其反、本末倒置，把茄子的本味都丟失了。你進而想想，賈府的各種精美、考究中體現出來的富貴氣象，是不是也丟失了一些本來的東西呢？

這次宴席之後，丫頭們還捧上兩盒點心。通過吃點心，也可以看出賈母和劉姥姥這兩位老太太對食品的不同態度：

> 揭開看時，每個盒內兩樣：這盒內一樣是藕粉桂糖糕，一樣是松穰鵝油卷。那盒內一樣是一寸來大的小餃兒。賈母因問甚麼餡兒，婆子們忙回是螃蟹的。賈母聽了，皺眉說：「這油膩膩的，誰吃這個！」那一樣是奶油炸的各色小麵果，也不喜歡。……
>
> 劉姥姥因見那小麵果子都玲瓏剔透，便揀了一朵牡丹花樣的笑道：「我們那裏最巧的姐兒們，也不能鉸出這麼個紙的來。我又愛吃，又捨不得吃，包些家去給他們做花樣子去倒好。」（第四十一回）

面對精緻的點心，兩位老太太都沒吃，但理由可不一樣：富貴老太太賈母不吃，是她平時好東西吃多了，對螃蟹餡的小餃子、玲瓏剔透的小麵果都不喜歡；窮苦老太太劉姥姥不吃，是因為她覺得這麵點做得實在太好看，捨不得吃。等賈母說送她一罈子時，她立即風捲殘雲一般吃了半盤子。

當然，賈府的飲食並不總是那麼講究，所以有時也展現出一些可貴的東西，比如史湘雲會在雪天烤鹿肉吃。所以我喜歡史湘雲，喜歡她的天真、豪爽。

原來有一年冬天，賈母告訴大家，晚上有鹿肉吃。這塊肉把史湘雲饞得口水直流，就和寶玉算計着怎麼吃：

史湘雲便悄和寶玉計較道：「有新鮮鹿肉，不如咱們要一塊，自己拿了園裏弄着，又頑又吃。」寶玉聽了，巴不得一聲兒，便真和鳳姐要了一塊，命婆子送入園去。……只見李嬸也走來看熱鬧，因問李紈道：「怎麼一個帶玉的哥兒和那一個掛金麒麟的姐兒，那樣乾淨清秀，又不少吃的，他兩個在那裏商議着要吃生肉呢，說的有來有去的。我只不信肉也生吃得的。」眾人聽了，都笑道：「了不得，快拿了他兩個來！」黛玉笑道：「這可是雲丫頭鬧的，

我的卦再不錯。」（第四十九回）

寶玉和史湘雲拿到鹿肉，就讓僕人弄來了鐵爐、鐵叉、鐵絲網，迫不及待地烤起來。一會兒，鹿肉冒出香氣，把周邊的人都吸引來了，先是引來了平兒，然後引來了探春。湘雲十分得意：

湘雲一面吃，一面說道：「我吃這個方愛吃酒，吃了酒才有詩。若不是這鹿肉，今兒斷不能作詩。」（第四十九回）

這塊鹿肉成功地吸引了其他人，也成功地吸引了我。史湘雲吃鹿肉的豪情萬丈非常可愛，她吃了鹿肉才能作詩的話也非常可愛。

賈母是最善於享受的，她的廚房，是「把天下所有的菜蔬用水牌寫了，天天轉着吃」。她的口味也很挑剔，夜間覺得餓了，想吃點東西，嫌鴨子肉粥油膩，嫌大棗粳米粥太甜，就喝了點杏仁茶；病了，就喝野雞崽子湯；冬天就吃牛乳蒸羊羔。牛乳蒸羊羔這道菜很滋補，是「有年紀的人的藥」。一聽這些菜名，你就知道這些只能是賈母的飯菜，斷不會挪到別人身上。

　　櫳翠庵的妙玉，原是大家千金，帶髮修行，性格孤僻高潔。
她喝茶的水都與眾不同。一次黛玉、寶釵、寶玉三人在她那裏
喝茶，就連黛玉那麼高傲的人，都被妙玉嘲笑了：

　　　　黛玉因問：「這也是舊年的雨水？」妙玉冷笑道：「你
　　這麼個人，竟是大俗人，連水也嚐不出來。這是五年前我
　　在玄墓蟠香寺住着，收的梅花上的雪，共得了那一鬼臉青
　　的花甕一甕，總捨不得吃，埋在地下，今年夏天才開了。
　　我只吃過一回，這是第二回了。你怎麼嚐不出來？隔年蠲
　　的雨水那有這樣輕浮，如何吃得。」（第四十一回）

　　講究的人，對喝茶的水也是講究的。一般人可能只用普通
的水泡茶，講究些的人要把舊年的雨水存起來喝。然而妙玉偏
偏這些都看不上，一定要把梅花上的雪收起來泡茶。玄墓就是
玄墓山，在今天的蘇州市，是著名的觀賞梅花的地方。
　　總之，《紅樓夢》寫吃喝也是在寫人。熟悉《紅樓夢》的
讀者，只要看到一個人吃的東西，就能猜出這個人是誰來。
《紅樓夢》從一菜一飯，生發出許多精彩的故事，這正是大藝
術家的匠心所在。

《紅樓夢》的「索隱派」都在研究甚麼？

　　《紅樓夢》裏面肯定寫了很多曹雪芹經歷過的真人真事，這是不用懷疑的。作者在開頭就暗示我們：「四大家族」之首賈家的「賈」，就是真假的「假」。小說一開頭出來的兩個人，甄士隱和賈雨村，就是「真事隱去」和「假語村言」，都是很明顯的暗示。

　　但是，故事裏哪些是真實的，哪些是曹雪芹虛構的，就不好說了。所以幾百年來，一直有一大批人一窩蜂似的猜謎。一是猜測《紅樓夢》到底影射的是甚麼事，二是猜測裏面的人物都影射的誰，這就是《紅樓夢》研究中的「索隱派」。

　　對《紅樓夢》的「猜謎」，甚至在這部書還沒出版時就有了。一個筆名叫「脂硯齋」的人，在書上很多地方做了批註，提示讀者：這裏是有寓意的，那裏是有伏筆的。這些批註給後

來的「索隱派」學者們提供了大量的「腦洞」，不信可以看幾段（括號裏的就是脂批）：

原來女媧氏煉石補天之時，於大荒山（荒唐也）無稽崖（無稽也）煉成高經十二丈（總應十二釵）、方經二十四丈（照應副十二釵）頑石三萬六千五百零一塊。

……廟旁住着一家鄉宦，姓甄（真。後之甄寶玉亦藉此音，後不註），名費（廢），字士隱（託言將真事隱去也）。……

這士隱正痴想，忽見隔壁葫蘆廟內寄居的一個窮儒——姓賈名化（假話）、表字時飛（實非）、別號雨村（雨村者，村言粗語也，言以村粗之言演出一段假話也）者走了出來。這賈雨村原係胡州（胡謅也）人氏……（第一回）

這些批語都很有道理。賈化就是「假話」，時飛就是「實非」，胡州就是「胡謅」，一切都有「此地無銀三百兩」的感覺，讓你覺得背後指不定藏着多大的祕密。

事實上，《紅樓夢》剛在市面上流傳的時候，人們對這部書的作者和來龍去脈並不太清楚，於是就有人說是在影射大學士明珠（康熙朝重臣）的家事。明珠的兒子就是清代著名詞人納蘭性德，所以有人說賈寶玉的原型就是他。此外，還有許多五花八門的說法，比如說《紅樓夢》是影射一個叫張謙的大官的，影射大貪官和珅的，但是因為支持的人太少，都沒有成氣候。

　　民國初年，出現了兩部「索隱派」的書，一本是王夢阮、沈瓶庵的《紅樓夢索隱》，一本是蔡元培的《石頭記索隱》。這兩本書產生了很大的影響。

　　按照王夢阮的意思，《紅樓夢》講的其實是順治皇帝和董小宛的愛情故事。賈寶玉的原型就是清朝入關後第一位皇帝順治，林黛玉的原型就是董小宛。為甚麼說賈寶玉就是順治呢？順治皇帝死時才二十四歲，民間就流傳着各種傳說，有一種說法是：董小宛原來是江南才女，後來進宮做了順治的妃子，不幸去世，順治就看破紅塵，放棄皇位，去五台山出家當了和尚，外界都以為他死了。這和賈寶玉因為林黛玉去世，放棄了榮華富貴去出家很像。

　　但是，關於董小宛的故事很多，林黛玉一個人寫不過來，

　　於是王夢阮又發明了一種「分身說」，即書中秦可卿、薛寶釵、薛寶琴、晴雯、襲人、妙玉等人的故事，都是在寫董小宛。其實，順治出家，只是一個民間傳說。那個去世的妃子其實叫董鄂妃，並不是董小宛。但是人們喜歡玄祕的傳說，所以這個說法一出來，就很有市場。

　　蔡元培的《石頭記索隱》給《紅樓夢》找到了新的原型：他認為《紅樓夢》是一部政治小說，裏面的事不是發生在清代，而是明代。清代統治者是關外的滿族人，取代明王朝的漢族政權得了天下，漢人是不服的。所以，書裏的女人都指漢族人，男人都指滿族人。所以賈寶玉討厭男人，喜歡女人；明朝皇帝姓朱，所以「紅」就是「朱」，曹雪芹的「悼紅軒」，就是一間「懷念明王朝的房子」。

　　他甚至把《紅樓夢》裏的各個故事都和歷史對上了號，比如說第一回葫蘆廟失火，影射的就是李自成打進北京，崇禎皇帝上吊的事。而賈府，自然指清政府。因為在「反清復明」的人看來，清政府是不正統的「偽朝」，所以是「假」的……

　　蔡先生是著名的學者、教育家，但他這種好像猜謎的研究，其實很難說服人。反正作者早就死了，謎底沒法解開，誰都有權利猜。

這個時候，還有位民國大學者胡適，寫了一篇《紅樓夢考證》。他根據清代的史料，考證出曹雪芹是江寧織造曹家的後代，《紅樓夢》裏寫的四次「接駕」，其實就是曹家接康熙南巡的駕，曹府其實就是賈家的原型。這些內容，我們在前文已經提過，曹雪芹和江寧織造的關係，和《紅樓夢》的關係，後來又有不少學者發掘出了新材料。但這件事的首創之功，是屬於胡適先生的。通過史料來分析研究，凡事講證據，講邏輯，這就是《紅樓夢》研究的另一個派別「考證派」。

胡適很不喜歡「索隱派」猜謎的方法，所以他有句話很有意思：

　　我現在要忠告諸位愛讀《紅樓夢》的人：我們若想真正了解《紅樓夢》，必須先打破這種牽強附會的《紅樓夢》謎學！

不過，「索隱派」在當時興盛起來，是有原因的。蔡元培《石頭記索隱》在當時有市場，是因為當時正趕上清王朝滅亡，民國建立，講「反清」的內容大家很愛聽。當時可不光《紅樓夢》有「索隱派」，連《水滸傳》都有「索隱派」。「索隱」古

代小說成了當時的風氣。

　　胡適的研究方法出現之後,「索隱派」沉寂了許久。因為凡事講證據,正是科學研究的基本方法。上世紀八十年代以來,又出現了一些「索隱派」的人物,影響力較大的,一是霍國玲、霍紀平(簡稱霍氏),一是劉心武。

　　霍氏寫了一本書,叫《紅樓解夢》,他們認為,《紅樓夢》說的是這麼一回事:雍正八年,曹雪芹十六歲時,宮中選秀女,曹雪芹的戀人竺香玉選入宮中,被雍正納為妃子,然後封為皇后。曹雪芹為了反抗強暴,就和竺香玉合謀將雍正帝用丹砂毒死,最後香玉又以身殉情。竺香玉就是林黛玉。當然,書裏絕大部分故事,都是霍氏通過猜測「腦補」出來的。

　　還有一位「索隱派」學者是劉心武先生。他寫了一本《劉心武揭密〈紅樓夢〉》,認為《紅樓夢》的背景,是康熙、雍正、乾隆三朝的權力鬥爭。他說「金陵十二釵」之一的秦可卿,原型就是康熙朝廢太子胤礽的女兒。胤礽在康熙朝曾經兩立兩廢,賈家是支持胤礽的,所以為了這個政治資本,冒險收留了胤礽的女兒,並隱瞞了她的身世。賈元春也有原型,是曹雪芹姐姐輩的人,通過選秀女入宮。雍正去世後,乾隆即位,她向乾隆告發「秦可卿」的身世祕密,於是「秦可卿」死亡,

「元春」有功升為「賢德妃」。後來廢太子胤礽之子弘晳陰謀刺殺乾隆，「元春」成了犧牲品，曹家（小說中的賈家）徹底敗落。

這兩種「索隱」，雖然也有各種漏洞，但都有一個共同特點：不再說《紅樓夢》是寫順治皇帝的故事、明代皇族的故事，而是承認《紅樓夢》和曹家有關，從這個基礎上再去「索隱」。曹雪芹、曹家、江寧織造和《紅樓夢》的關係，近百年來已經成為學術界公論，很難徹底推翻，完全另起爐灶地「索隱」是十分不現實的。

「索隱派」自從產生以來，一直沒能被大眾廣泛承認，因為他們的研究方法有個致命的問題，就是太過牽強附會。

「索隱派」喜歡通過拆字、諧音來從《紅樓夢》裏找線索，看和現實中的哪個人、哪件事能對應起來。這些方法本身並沒有問題，《紅樓夢》裏大量使用了諧音、拆字的寫作手法。比如「千紅一窟」就是「千紅一哭」；「玉帶林中掛，金簪雪裏埋」明顯就是林黛（帶）玉，薛（雪）寶釵；「凡鳥偏從末世來」，顯然說的是王熙鳳，因為「鳳」可以拆成「凡」加「鳥」。三國時有個人叫呂安，去拜訪名士嵇康。嵇康不在，只見到了他的哥哥嵇喜。呂安在他們家門上寫了個「鳳」字走了。嵇喜

很高興，以為呂安稱讚他。哪知道「鳳」字拆開就是「凡鳥」，呂安是用來諷刺嵇喜的。

這些諧音、拆字，通常是曹雪芹用來揭示故事裏人物命運的，也容易引起各種猜測。比如有個叫伊藤漱平的日本學者，說「賈史薛王」可能是「假事雪枉」，即假藉《紅樓夢》故事洗雪冤枉的意思。還有一位大學者顧頡剛說（他並不專門研究《紅樓夢》），賈府的祖上寧國公賈演，可能是影射江寧織造曹寅，因為「演」可以拆成「氵」加「寅」。你別說，好像還真有幾分道理。

但是玩諧音、拆字很容易失去邊界，曹雪芹雖然用了許多諧音，但也不一定處處都是諧音。比如有人說《紅樓夢》中的賈家影射的是明代皇族，所以「賈王薛史」就是「明亡血史」。但其他三個都用諧音，到了「賈」怎麼又不用諧音了呢？所以這些奇奇怪怪的說法，當然不能說是完全錯誤的，但總是不夠高明，離題太遠。

還有人為了證明自己觀點，乾脆編造假證據。有一個叫土默熱的「索隱派」，他說《紅樓夢》不是曹雪芹寫的，而是一個叫洪昇的人寫的，還煞有介事地舉了很多例子。比如他說《紅樓夢》裏賈寶玉、林黛玉的詩，是抄襲明末清初文人冒辟

疆和才女董小宛的。他為甚麼會這樣說呢？原來，市面上曾經有本《董小宛傳奇》，從《紅樓夢》裏抄了一些詩，改了改，安在書中董小宛等人身上，說是他們寫的。結果呢，土默熱把這些詩當成真的了，反說《紅樓夢》是抄襲。

「索隱派」難道就一無是處嗎？其實也不是的。

胡適先生曾經說過一句話，做研究要「大膽地假設，小心地求證」。「索隱派」在「假設」和「求證」的過程中確實有很多毛病，也可能最後被證明是錯誤的，或者根本無法證明對錯。但這些猜測，也給我們提供了很多思考的角度。

其次，「索隱派」都是愛好《紅樓夢》的人，他們的結論雖然不一定可靠，但也不乏真知灼見。比如說《紅樓夢》是影射明珠、和珅、張謙等富貴之人的家事，現在看來是不對的，但是清代像曹家這樣敗落的貴族家庭有很多，難免跟《紅樓夢》有巧合的地方。我甚至還聽說過一個說法，說《紅樓夢》講的是奕繪、顧太清夫婦的事。奕繪是乾隆五皇子永琪的孫子，顧太清又叫西林春，是清代最著名的滿族女詞人。這當然是不可能的。因為這兩位在世的時候，《紅樓夢》早就出版了。但這正好說明，《紅樓夢》裏的故事，很可能是清代貴族家庭的共同寫照，所以誰都覺得《紅樓夢》像自己熟悉的那個家

族，能對上號。在這裏，我特別想和你分享大學者陳寅恪先生的一句名言，小說「雖無個性的真實，但有通性的真實」。

最後，「索隱派」中既不乏蔡元培這樣的大教育家，也不乏劉心武這樣的著名作家，他們在自己領域的識見都很高，所以「跨界」講《紅樓》時，某些對藝術的見解也是值得借鑒的。

為甚麼那麼多人給《紅樓夢》寫續書？

　　現在市面上的《紅樓夢》，通常是一百二十回。其中，前八十回是曹雪芹的原著，後四十回說法不一樣。有些人說是一個叫高鶚的文人寫的，還有人認為不能確定。所以，有些《紅樓夢》版本，封面上寫「曹雪芹、高鶚著」，有些寫「曹雪芹著、無名氏續」。通行的說法是高鶚續寫後四十回，我依據的也是這個版本。

　　民國作家張愛玲有一句有趣的話：「人生有三恨：一恨鰣魚多刺，二恨海棠無香，三恨紅樓未完。」高鶚的續書一定程度上保證了《紅樓夢》的完整，但高鶚後四十回的水平，顯然是沒法和曹雪芹比的。首先是他的見識比曹雪芹差得太遠。

　　根據曹雪芹的安排，賈府最後的結局是要富貴散盡，家敗人亡的。在第五回寶玉夢遊太虛幻境中，眾仙子為他演唱的

十二支《紅樓夢》曲，就已經預示了眾人的命運，最後一句「好一似食盡鳥投林，落了片白茫茫大地真乾淨」，更是告訴大家，最後甚麼都沒剩下，全都散了、完了。

但是續作者好像不太喜歡這麼慘的結局，他在後四十回裏，雖然也寫了賈府被抄，家道中落，但很快就讓皇帝赦免了賈政的罪過，世襲的爵位也給了賈府。賈府居然中興了！

而且，續作者還安排賈寶玉、賈蘭去參加科舉考試，雙雙中了舉人。賈寶玉出家走後，賈蘭成了賈家振興的希望。據續書的暗示，賈寶玉還留下一個兒子（可能叫「賈桂」），長大後和賈蘭一起「蘭桂齊芳，家道復初」，幫助賈府實現復興。一個明明注定是巨大悲劇的結局，被續作者改成圓滿了。

這樣改很容易理解，因為續作者沒有曹雪芹的人生經歷，沒有那麼強的悲劇感；而大眾看故事，也不喜歡太沉痛的悲劇。所以為了迎合大眾的口味（也或許是自己的口味），就要加一個團圓的尾巴。然而這一改，就讓悲劇減色不少，原著的厚重、悲涼，立即變得有些凡庸。

續作者的「俗氣」，還表現在故事設計上。比如，按照曹雪芹原意，黛玉肯定是不能和寶玉結婚的，但又怎麼讓寶玉娶了寶釵呢？續作者就想出個辦法，叫「掉包計」：先騙寶玉說，

長輩決定把黛玉許配給他了，等進洞房的時候，寶玉掀開蓋頭，發現新娘竟是寶釵。這個欺騙的辦法可以說是相當拙劣，簡直把悲劇當成兒戲了。

經常有人問我，怎麼能看出《紅樓夢》後四十回和前八十回不是一個人寫的呢？一個簡便的方法就是詩詞水平。故事雖然也可以編得平頭正臉，但詩詞是勉強不來的。

曹雪芹本人藝術修養極高，前八十回裏，不乏多首上乘的詩詞。後四十回的續作者沒這個水平，他只好儘量避免寫詩，以防露怯（後四十回只有三四首極平庸的詩）。另外，涉及到藝術的話題，前八十回探討的深度和後四十回的深度，是完全不一樣的。

不管續書如何令人不滿意，還是有很大的貢獻的。

首先，它把《紅樓夢》寫完整了，給了讀者一個最終的結局。要知道，完整的故事，遠比沒寫完的故事方便流傳。沒有誰愛看半截的故事。所以高鶚續寫的一百二十回本一出版，立即受到了讀者歡迎，曹雪芹的前八十回也因此更加深入人心。

而且，續書在基本脈絡上，延續了曹雪芹的意思，例如賈府被抄、黛玉夭折、寶玉出家，總體上沒有改變悲劇的氣氛。

最後，續書也不是處處平庸。例如有一回叫「林黛玉焚稿

斷痴情，薛寶釵出閨成大禮」，一邊黛玉奄奄一息，淚盡而逝；一邊寶釵喜氣洋洋，出閣結婚。兩件事情竟然是同時進行的。這種強烈的藝術對比和張力，被很多人讚賞。林黛玉去世前把所有的詩稿都燒掉，也是一個動人心魄的故事。黛玉此生，就是為了愛情、為了詩意活着的，燒毀詩稿，就等於燒毀自己的生命。

因為《紅樓夢》前八十回原著太深入人心了，後面續書的結局又不能令人滿意，所以，自從《紅樓夢》問世以來，就出現了許多續書。「四大名著」都有續書，但《紅樓夢》的續書最多。這些續書大概可以根據作者對寶釵、黛玉的態度，分為兩種，一種是「揚黛抑釵」，一種是「揚釵抑黛」。還有少量的續書，作者的態度不明顯，所以叫「釵黛並舉」。

「揚黛抑釵」：比如有個叫逍遙子的人，寫過一部《後紅樓夢》，是從第一百二十回後寫起的，說賈寶玉中舉後，並沒有離家出走。林黛玉和晴雯死而復生，賈府在林黛玉手裏重新興旺。

「揚釵抑黛」：有一個叫陳少海的人，寫過一部《紅樓復夢》，他很喜歡薛寶釵。這部書寫薛寶釵得到神仙指點，學會了文韜武略，還能帶兵打仗，平定叛亂，被封為「武烈夫人」。

「釵黛並舉」：有一個叫秦子忱的人寫了一部《續紅樓夢》，書中寫眾姐妹死後，又在陰間相聚，寶玉和黛玉結婚，寶釵前往太虛幻境，和眾人團圓。這部書因為寫了很多「陰間」的故事，所以又叫「鬼紅樓」。

你如果讀過我的《為孩子解讀〈水滸傳〉》，就會發現《紅樓夢》的續書其實和《水滸傳》的續書差不多，也是兩派勢力在辯論。喜歡寶釵的，喜歡黛玉的，還有居中調和的，十分正常，正好反映了每個人心中不同的價值觀。只要《紅樓夢》一天不消失，關於釵、黛的辯論，就會一直進行下去。

但是這些續書，總體水平比曹雪芹原著差得太遠。比如有一部筆名叫歸鋤子的人寫的《紅樓夢補》，說林黛玉掌權管家，在瀟湘館挖出上天賜給她的白銀一千三百萬兩，而且每個銀元寶上還刻着「林黛玉收」四個字，於是府裏每家都分了一、二十萬兩白銀，賈府興旺發達。這大概是底層文人日子過得不好，便編些發財故事自己滿足一下。

因為《紅樓夢》太有名了，所以市面上還出現了一些偽書。這些書雖然也寫的是紅樓故事，卻不光明正大地承認是《紅樓夢》的續書或仿作，而自稱是新發現的古代《紅樓夢》版本，甚至說是真正的曹雪芹原著。你如果碰到這種書，一定

為孩子解讀《紅樓夢》

要注意鑒別，不要上當。

《紅樓夢》出版後，裏面的一些故事立即被改成戲曲，如「寶黛初會」「黛玉葬花」「祭晴雯」等，都是從清代流傳至今的「紅樓戲」。但是，《紅樓夢》畢竟不是以熱鬧故事為主的，所以「紅樓戲」比起「三國戲」「西遊戲」「水滸戲」來，影響力還是小一些。儘管如此，越劇《紅樓夢》那句「天上掉下個林妹妹」，基本上是人人皆知。

1987 年，中央電視台播出了三十六集電視連續劇《紅樓夢》，這就是俗稱的央視 1987 年版《紅樓夢》。這部電視劇，可以說是把紅樓故事講出了一個新高度。

為了拍攝這部電視劇，導演組費了相當大的功夫遴選演員，還給演員辦學習班，幫助他們研習原著，培訓琴棋書畫各種才藝。劇組還在北京市內和河北正定分別建了一座拍攝基地，即現在的北京大觀園和正定榮國府，已經成了著名的旅遊景點。

這部三十六集的電視連續劇，前面三十集，是按照曹雪芹八十回原著拍攝的，後面六集，並沒有完全依據續作的四十回，而是根據前八十回的伏筆和學者們的研究成果，新編了劇情。可以說是相當大膽的嘗試。

這部電視劇播出之後，全國轟動，直到今天，還經常在電視台重播。重播的次數，不亞於著名的央視 1986 年版《西遊記》。2010 年，李少紅導演的《紅樓夢》電視劇上映，然而遠遠沒有達到央視 1987 年版的高度。

　　曹雪芹先生已逝世二百多年，他到底有沒有寫完《紅樓夢》，可能已經成了一個永遠的謎。但是，這也許反而是個好事，就像世界上總會有些數學難題無法破解一樣，在破解難題的過程中，人們發現了許多不曾注意過的研究成果；在續補《紅樓夢》的過程中，我們也會發現無數原著中尚不曾為人注意過的光彩。

後　記

　　這套「為孩子解讀四大名著」系列，到《紅樓夢》終於畫上了一個句號。

　　之所以把《紅樓夢》放在最後，是因為解讀這部書是最難的。它太宏大，太複雜，涉及人性、社會、文化、博物知識等方方面面。如果只是揀一些皮毛講講（如詩詞、美食、服飾等百科知識），就像是入寶山而空回；但如果講深一點，就會遇到非常複雜的問題，很可能費力不討好。

　　因為《紅樓夢》沒有標準答案，全在個人理解。比如說，如何評價薛寶釵？她到底是工於心計，還是原本善良？比如說「慈姨媽愛語慰痴顰」一段，薛姨媽母女對黛玉表現出來的，到底是表面上的憐愛，還是對黛玉的故意傷害？

　　又比如說賈政毆打寶玉，把他打得很慘，該如何評價？按

照三、四十年前的說法，認為這是封建家長的暴力壓迫，實際上是這樣嗎？

《紅樓夢》像一座高山，不同的人從這座山不同的側面、路徑爬上去，看到的風景自然不一樣——甚至可能完全不一樣。所以，《紅樓夢》沒有標準答案，如果它有了標準答案，反而不正常了。

不過，雖然高山人人可登，專業的登山者和普通遊客還是不一樣的。因為這部書是雅俗共賞的，誰都可以發表意見，所以，往往越是「驚世駭俗」的「陰謀論」解讀、猜謎式解讀，反而越容易受歡迎。這些解讀因為很通俗，又很流行，所以孩子們很容易受影響：高山根本爬不了多高，看見一塊大石頭，就信誓旦旦地以為到了山頂。正如黛玉對香菱說的：「斷不可學這樣的詩。你們因不知詩，所以見了這淺近的就愛，一入了這個格局，再學不出來的。」

所以，我在寫這部小書的時候，在仔細研讀文本的基礎上，盡量參考學界已有的研究成果。有共識的，就多寫一些；共識少的，就少寫一些。

在這部小書的寫作過程中，我請教了許多師長。讓我受益最多的，當屬南京大學苗懷明老師、北京師範大學李小龍兄，

以及本書的責任編輯王苗老師。苗懷明老師為我提供了《紅樓夢》研究的系統指導，李小龍兄撥冗垂教，定出了全書的章節框架，王苗老師對書稿提出了許多寶貴的改進意見。

這部書稿的完成，標誌着「為孩子解讀四大名著」系列畫上了句號。在整個寫作過程中，我還要感謝許多師長朋友：北京大學的劉勇強師、潘建國師、李鵬飛師、張一南老師、左怡兵兄，南京大學俞曉紅老師、中央民族大學傅承洲老師、葉楚炎兄，對外經貿大學的孫勇進兄，中國社會科學院大學的井玉貴兄，遼寧大學的胡勝老師、趙毓龍兄，遼寧省交通高等專科學校的趙春陽兄，人民教育出版社的侯曉晨兄，石河子大學的吳新鋒兄，人大附中的吳凌老師等，都在寫作過程中予以教示。馬伯庸兄、凱叔、六神磊磊兄、吳琳老師、傅承洲老師、李玲玉老師、苗懷明老師、葉楚炎兄、趙建忠老師、張惠老師還為小書做了推薦，在此一並鳴謝！

最後，我還想對我的女兒李孟和說：這套小書，是爸爸送給你的第一套禮物。

你的大朋友　　李天飛